솔

솔

신시아 오직

오숙은 옮김

▲

문학과지성사

옮긴이 오숙은

한국 브리태니커 회사에서 일한 뒤 전문번역가로 활동하고 있다. 옮긴
책으로 『세상과 나 사이』『먼저 먹이라』『위작의 기술』『문명과 전쟁』
(공역) 『식물의 힘』『공감 연습』『게으름 예찬』『우리가 간직한 비밀』
『리커버링』『등대지기들』『거기 눈을 심어라』 등이 있다.

문지 스펙트럼 세계 문학

숄

제1판 제1쇄 2023년 11월 22일

지은이	신시아 오직
옮긴이	오숙은
펴낸이	이광호
주간	이근혜
편집	박지현
마케팅	이가은 최지애 허황 남미리 맹정현
제작	강병석
펴낸곳	㈜**문학과지성사**
등록번호	제1993-000098호
주소	04034 서울 마포구 잔다리로7길 18 (서교동 377-20)
전화	02) 338-7224
팩스	02) 323-4180(편집) 02) 338-7221(영업)
대표메일	moonji@moonji.com
저작권 문의	copyright@moonji.com
홈페이지	www.moonji.com

ISBN 978-89-320-4222-0 03840

차례

일러두기

1. 이 책은 Cynthia Ozick의 *The Shawl*(Vintage, 1990)을 우리말로 옮긴 것이다.

2. 인명, 지명 등 고유명사의 외래어 표기는 국립국어원 외래어 표기법에 따랐다.

3. 이 책의 각주는 모두 옮긴이 주이다.

네 금빛 머리카락, 마르가레테

네 잿빛 머리카락, 줄라미트

— 파울 첼란, 「죽음의 푸가」에서

솔

스텔라는 추웠다. 뼛속까지 추웠다. 지옥인가 싶은 추위였다. 그들은 함께 길을 걷고 있었다. 로사는 쓰린 젖가슴 사이 숄에 둘둘 싸인 마그다를 웅크려 안고 있었다. 가끔은 스텔라가 마그다를 안고 갔다. 그러나 스텔라는 마그다에게 샘이 났다. 열네 살의 깡마른 소녀, 키가 아주 작고 앙상한 젖가슴을 가진 스텔라는 숄로 몸을 싸매고 싶었고, 꽁꽁 감춰져서 잠들고 싶었고, 발걸음에 맞춰 까딱까딱 흔들리고 싶었다. 아기였으면, 품 안의 둥근 아기였으면 했다. 마그다는 로사의 젖꼭지를 차지하고 있었고, 로사는 절대 걸음을 멈추지 않는, 걷는 요람이었다. 젖은 충분하지 않았다. 가끔씩 마그다는 공기를 빨아들였다. 그러고는 빼액 소리를 질렀다. 스텔라는 죽을 만큼 배가 고팠다. 스텔라의 무릎은 막대기에 달린 혹, 팔꿈치는 닭 뼈였다.

로사는 배고픔이 느껴지지 않았다. 몸이 가벼웠다. 그녀는 걷고 있는 사람 같지 않았고, 정신이 몽롱하거나 최면에 걸렸거나 발작을 일으킨 사람 같았다. 이미 떠다니는 천사가 된 사람, 초롱초롱한 정신으로 모든 것을 보고 있지만 공중에 떠 있어 발이 땅에 닿지 않는 사람 같았다. 마치 가까스로 목숨줄을 붙들고 있는 사람 같았다. 로사는 벌어진 숄 틈으로 마그다의 얼굴을 내려다보았다. 둥지 속의 다람쥐, 안전하다. 숄을 둘둘 감아 만든 작은 집 안의 마그다는 아무도 건드릴 수 없었다. 얼굴, 아주 동그란 얼굴, 손거울만 한 얼굴. 하지만 그 얼굴은 콜레라의 검은색을 띤 로사의 어두운 낯빛과는 달랐다. 그것은 전혀 다른 얼굴이었다. 눈은 하늘처럼 파랬고, 솜털처럼 보드라운 머리카락은 로사의 코트에 꿰매어 단 별처럼 노란색이었다. 누가 보면 마그다가 **그 남자들** 중 한 명의 아기라고 생각할 만했다.

로사는 허공을 떠가면서, 지나온 어느 마을에서 마그다를 줘버리는 꿈을 꾸었다. 그녀는 잠시 줄을 벗어나 길가에 있던 어느 여인의 손에 마그다를 떠밀어 넣을 수 있었다. 그러나 만약 줄 밖으로 나갔다가는 총에 맞을지도 몰랐다. 설사 눈 깜빡할 사이에 줄을 빠져나가 어느 낯선 여인에게 숄 꾸러미를 떠민다 해도, 그 여인이 꾸러미를 받아들일까? 그 여인은 깜짝 놀라거나 아니면 겁먹을 것이다. 어쩌면 여인이 숄 꾸러미를 떨어뜨릴지도 모르고, 그러면 마그다는 바닥에 떨어져 머리가 깨져 죽을지도 모른다. 그 작고 동그란 머리가. 너무도 착한 아기 마그다, 마그다는 빽빽거리기를 포기하고 이제 말라가는 젖꼭지의 맛이라도 느끼려고 빨아대고 있었다. 조그만 잇몸의 야무진 깨물기. 아래쪽 잇 몸에 빼꼼히 나온 작은 젖니 끝은 얼마나 반짝이는지. 하얀 대리석으로 된 요정의 묘비가 거기서 빛나고 있었다. 마그 다는 불평도 없이 로사의 젖꼭지를 포기했다. 처음에는 왼 쪽을, 이어서 오른쪽마저도. 둘 다 갈라져 있었고 젖 냄새조 차 풍기지 않았다. 젖 구멍은 사라졌다. 죽은 화산, 멀어버 린 눈, 싸늘한 구멍일 뿐이었다. 그래서 마그다는 숄 모서리 를 대신 붙잡고 빨아댔다. 그것을 빨고 또 빨면서 숄의 날 실과 씨실을 침으로 흥건히 적셨다. 숄은 맛이 좋았다. 리넨 젖이었다.

그 숄은 마법의 숄이었다. 사흘 낮 사흘 밤 동안 한 아이 에게 양분을 줄 수 있었다. 마그다는 죽지 않았다. 비록 아 주 조용하기는 했지만, 그래도 살아 있었다. 독특한 냄새, 계피와 아몬드 냄새가 마그다의 입에서 솔솔 풍겼다. 마그 다는 눈을 깜빡이거나 선잠 자는 법을 잊어버린 듯 매 순간 눈을 뜨고 있었다. 그리고 로사는, 때로는 스텔라도 그 파란 눈을 살폈다. 길 위에서 그들은 짐짝처럼 무거운 다리를 번 갈아 떼면서 마그다의 얼굴을 살폈다. "아리아인이야." 스 텔라는 현악기의 줄처럼 가늘어진 목소리로 말했다. 로사 는 마그다를 물끄러미 보는 스텔라의 눈이 어린 식인종 같 다고 생각했다. 스텔라가 "아리아인이야"라고 할 때, 그 말 이 로사에게는 사실상 "우리 이 아이를 잡아먹어요"라는 말처럼 들렸다.

그러나 마그다는 살아서 걷게 되었다. 마그다는 용케 살았지만, 썩 잘 걷지는 못했다. 아직 15개월밖에 안 되어서 그렇기도 하지만, 가느다란 다리가 불룩한 배를 제대로 지탱하지 못해서였다. 마그다의 배는 가스가 차서 크고 둥글게 부풀어 있었다. 로사는 자기 몫의 음식을 거의 전부 마그다에게 주었고, 스텔라는 아무것도 주지 않았다. 스텔라는 죽을 만큼 배가 고팠다. 한창 자랄 나이였지만 별로 자라고 있지 않았다. 스텔라는 월경을 하지 않았다. 로사도 월경을 하지 않았다. 로사는 죽을 만큼 배가 고프면서도 배고프지 않기도 했다. 손가락을 입에 넣고 그 맛을 마시는 법을 마그다에게 배운 것이다. 그들이 와 있는 곳에는 연민이 없었다. 로사에게서 연민은 모두 죽어버렸다. 그녀는 아무런 연민 없이 스텔라의 뼈를 바라보았다. 스텔라는 마그다가 죽고 그 작은 넓적다리에 이를 박을 순간만을 기다리고 있는 게 틀림없었다.

로사는 마그다가 곧 죽을 거라는 걸 알고 있었다. 죽어도 이미 죽었어야 할 아기였지만, 마그다는 마법의 숄이 로사의 떨리는 젖가슴 둔덕이라 여기고 숄 깊숙이 파묻혀 있었다. 로사는 숄로 가린 것은 자기 몸 하나뿐이라는 듯 숄을 두르고 지냈다. 아무도 로사에게서 숄을 떼어내지 않았다. 마그다는 소리가 없었다. 우는 법도 없었다. 로사는 막사 안에서 숄로 마그다를 감추고 지냈지만, 조만간 누군가가 신고할 날이 오리라는 걸 알고 있었다. 또는 조만간 누군가가, 스텔라가 아니더라도 마그다를 훔쳐서 먹을 날이 오리라는 걸 알고 있었다. 마그다가 걷기 시작했을 때, 로사는 마그다가 곧 죽게 되리라는 걸, 큰일이 벌어지리라는 걸 알았다. 로사는 잠들기가 두려웠다. 그래서 마그다의 몸 위에 허벅다리를 올리고 잤다. 그러면서도 허벅다리의 무게 때문에 마그다가 질식할까 봐 두려웠다. 그러나 로사의 무게는 점점 줄고 있었다. 로사와 스텔라는 서서히 공기가 되어가고 있었다.

마그다는 조용했지만, 그 눈은 무서울 만큼 살아 있었다. 파란 호랑이 같았다. 마그다는 가만히 지켜보기만 했다. 때로는 웃기도 했다. 어쨌든 그것은 웃음처럼 보였다. 하지만 웃음이 어떻게 가능한 일일까? 마그다는 누군가 웃는 모습을 본 적이 없었다. 그래도 마그다는, 바람이 숄의 끝자락을 날릴 때면 숄을 보고 웃었다. 검댕 가루가 섞인 나쁜 바람, 스텔라와 로사의 눈에 눈물 맺히게 하는 나쁜 바람. 마그다의 눈은 언제나 맑았고 눈물이 없었다. 마그다는 호랑이처럼 지켜보았다. 숄을 지키고 있었다. 어느 누구도 숄을 건드릴 수 없었다. 오직 로사만이 숄을 건드릴 수 있었다. 스텔라에게는 허락되지 않았다. 숄은 마그다의 아기였고, 반려동물이었고, 여동생이었다. 마그다는 숄을 덮고 숄과 뒤엉

켰고, 아주 가만히 있고 싶을 때는 숄의 모서리를 빨아댔다.

그러던 중 스텔라가 숄을 가져가서 마그다를 죽게 했다.

나중에 스텔라가 말했다. "추웠어요."

그 후로도 스텔라는 늘 추웠다, 시도 때도 없이. 추위가 그녀의 심장 속을 파고든 것이다. 로사는 스텔라의 심장이 차가운 걸 보았다. 마그다는 이리저리 휘갈기는 작은 연필 같은 다리로 숄을 찾아 비틀비틀 앞으로 나아갔다. 그 연필은 빛이 시작되는 막사 입구에서 비틀거렸다. 로사가 보고 쫓아갔다. 그러나 마그다는 벌써 막사 밖 광장에, 즐거운 빛 속에 있었다. 거기는 점호 구역이었다. 매일 아침 로사는 마그다를 막사 벽에 바짝 붙여 숄을 덮어 숨기고는 스텔라와 수백 명의 사람들과 함께 점호 구역에, 때로는 몇 시간 동안 서 있어야 했다. 버려진 마그다는 그사이 숄 밑에서 조용히 숄 귀퉁이를 빨아댔다. 날마다 마그다는 조용했고, 그래서 죽지 않았다. 로사는 오늘 마그다가 죽으리란 걸 알았다. 동시에 로사의 두 손바닥에는 두려움이 가득 섞인 기쁨이 흘렀다. 손가락이 불에 타는 것 같았다. 그녀는 경악해서 열이 올라왔다. 마그다는 햇빛 속에서 연필 다리로 몸을 흔들며 울부짖고 있었다. 로사의 젖꼭지가 말라버린 뒤로는, 마그다가 길 위에서 마지막으로 소리를 질렀던 뒤로는, 마그다의 입에서 단 한 음절도 나온 적이 없었다. 마그다는 벙어리였다. 로사는 마그다의 성대에, 숨관에, 후두에 문제가 있다고 믿었다. 마그다에게는 결함이 있었다, 목소리가 없었다. 어쩌면 귀가 먹었을지 몰랐다. 지능에 문제가 있는지도 몰랐다. 마그다는 소리를 내지 못했다. 뿌연 잿바람이 마그다의 숄을 가지고 장난칠 때 지었던 웃음도 그저 공기가 새어 나오면서 이가 보인 것에 불과했다. 심지어 마그다는 머릿니, 온몸에 들끓는 머릿니 때문에 미쳐서 썩은 고기를 찾아 새벽에 막사를 약탈하는 커다란 들쥐처럼 난폭해지고, 몸을 비비고 긁고 발로 차고 깨물고 뒹굴 때도 신음 한 번 내지 않았다. 그런데 지금 마그다의 입에서 끈적거리는 기다란 아우성이 흘러나오고 있었다.

"움마아아아 ──"

로사의 젖꼭지가 말라버린 뒤로 마그다의 목구멍에서 나온 첫번째 소리였다.

"움마아아아…… 아아아!"

또 한 번! 마그다는 점호 구역의 위태로운 햇빛 속에서 몸을 흔들며, 너무도 작고 굽은 가여운 정강이로 비틀거리고 있었다. 로사는 보았다. 숄을 잃어버린 마그다가 슬퍼하는 모습을 보았다, 마그다가 죽어가는 모습을 보았다. 밀물처럼 로사의 젖꼭지를 때리는 명령이 들렸다. 잡아, 얼른, 가져와! 그러나 마그다와 숄 중 무엇을 먼저 쫓아가야 할지 알 수 없었다. 만약 점호 구역으로 뛰어들어 마그다를 낚아챈다고 해도 울부짖음은 그치지 않을 터였다. 마그다에겐 여전히 숄이 없을 테니까. 하지만 숄을 찾아 다시 막사 안으로 뛰어간다면, 만약 숄을 찾아낸다면, 그리고 숄을 쥐고 흔들면서 마그다를 쫓아간다면, 그렇다면 마그다를 데려오게 될 테고, 마그다는 숄을 입에 넣고 다시 조용해질 터였다.

로사는 어둠 속으로 들어섰다. 숄을 찾는 건 어렵지 않았다. 스텔라가 숄을 덮고 웅크린 채 가느다란 뼛속에서 잠들어 있었다. 로사는 숄을 잡아채고 점호 구역으로 날아갔다. 실제로 날 수 있었다, 그녀는 공기에 지나지 않았으니까. 햇빛이 또 다른 생명, 여름날 나비들에 관해 웅얼거렸다. 빛은 잔잔하고 부드러웠다. 강철 울타리 너머 아득하게 펼쳐진 초록의 목초지에는 군데군데 민들레와 짙은 제비꽃이 피어 있었다. 그 너머 더 먼 곳에는 천진하고 키 큰 참나리가 호랑 무늬 주황색 보닛을 들어 올리고 있었다. 막사 안에서는 사람들이 "꽃"이며 "비"에 관해 이야기했다. 배설물, 두껍게 땋은 똥색 머리, 위층 침상에서 슬그머니 내려와 서서히 코를 찌르는 적갈색 냄새의 폭포. 그 악취는 쌉쌀한 기름기를 머금고 떠다니며 로사의 피부를 번들거리게 하는 연기와 뒤섞여 있었다. 그녀는 잠시 점호 구역 가장자리에 서 있었다. 울타리 안쪽을 흐르는 전기는 가끔 웅웅 노래하는 것 같았다. 스텔라조차 그건 상상일 뿐이라고 했지만, 로사는 그 철사 안에서 나는 진짜 소리를 들었다. 걸걸하고 슬픈 목소리들. 울타리에서 멀리 떨어질수록 그 목소리들은 더욱 또렷하게 밀려왔다. 비탄 어린 그 목소리들이 어찌나 또렷하게, 어찌나 열정적으로 울리는지 그것은 절대 유령이 내는 소리일 리 없었다. 그 목소리들이 그녀에게 숄을 높이 들라고 말했다. 목소리들은 숄을 흔들라고, 숄을 휘두르라고, 깃발처럼 펼치라고 말했다. 로사는 숄을 들고 흔들었고, 크게 휘둘렀고, 활짝 펼쳤다. 멀리, 아주 멀리서 마그다가 공기로 부풀어 오른 배를 굽히고 막대기 팔을 뻗었다. 마그다는 높이, 바닥에서 올려진 채 누군가의 어깨에 올라타 있었다. 그러나 마그다를 태운 어깨는 로사와 숄이 있는 쪽으로 오고 있지 않았다. 그것은 멀어져가고 있었고, 점으로 보이는 마그다는 뿌연 연기 속으로 점점 더 멀리 옮겨지고 있었다. 그 어깨 위에서 헬멧이 반짝였다. 햇빛을 받은 헬멧이 술잔처럼 반짝거렸다. 헬멧 밑으로 도미노 패 같은 검은 몸뚱이가 보였고, 검은 군화 한 켤레가 전기 울타리 쪽으로 성큼성큼 다가가고 있었다. 전기 목소리들이 시끄럽게 조잘대기 시작했다. "움마아아, 움마아아아." 그 목소리들이 다 같이 웅얼거렸다. 이때쯤 마그다는 로사에게서 얼마나 멀리 떨어져 있었을까, 전체 광장의 저 건너편, 열두 개의 막사를 지난 반대편 끝에 있었다! 마그다는 나방만 해 보였다.

갑자기 마그다가 허공에서 헤엄치고 있었다. 마그다의

몸이 창공을 날아갔다. 마치 은빛 덩굴에 내려앉으려는 한 마리 나비 같았다. 깃털이 난 둥근 머리와 연필 다리와 풍선 같은 배와 구부러진 팔이 울타리에 떨어진 순간, 강철 목소리들이 사납게 으르렁거리면서 로사를 재촉했다. 달려, 달려가, 마그다가 날다가 전기 울타리에 부딪혀 떨어진 곳으로. 물론 로사는 그 목소리들이 시키는 대로 하지 않았다. 그녀는 그냥 서 있었다. 달려갔다가는 그들이 총을 쏠 테니까, 막대기 같은 마그다의 몸을 일으키려 했다가는 그들이 총을 쏠 테니까. 지금 그녀의 뼈 사다리를 타고 올라오는 늑대의 울부짖음을 토해냈다가는 그들이 총을 쏠 테니까. 그래서 그녀는 마그다의 숄을 쥐고 입에 쑤셔 넣었다. 꾸역꾸역, 늑대의 울부짖음을 삼키게 될 때까지, 꾸역꾸역, 마그다의 침이 배어든 계피와 아몬드 맛이 느껴질 때까지. 그리고 로사는 그 울부짖음이 마를 때까지 마그다의 숄을 마셨다.

로사

로사 루블린. 미친 여자이자 과거의 쓰레기로 살아가는 로사는 가게를 접고 — 사실상 스스로 때려 부쉈다 — 마이애미로 이사했다. 미친 짓이었다. 플로리다에 오고 나니 그녀는 의존적인 사람이 되었다. 그녀는 뉴욕에 사는 조카가 보내주는 돈으로 노인들이 득시글거리는 어느 "호텔"의 컴컴한 구멍이나 다름없는 방에서 살고 있었다. 방에는 서랍장 위에 놓인 고릿적 냉장고 한 대와 화구 하나짜리 스토브가 있었다. 한구석에는 둥근 오크 탁자가 무거운 받침대를 깔고 우울하게 생각에 잠겨 있었지만, 그 탁자는 차를 마실 때만 사용했다. 식사는 다른 곳에서, 침대에 앉아서 먹거나 싱크대 앞에 서서 먹었다. 식사라고 해봐야 가끔 토스트에 사워크림 약간과 정어리 통조림 절반을 곁들여 먹거나, 작은 콩 통조림 한 통을 파이렉스 머그에 넣어 데워 먹는 정도였다. 그곳에는 객실 서비스 대신 끼익 끼익 울어대는 도르래로 작동되는 소형 승강기가 있었다. 화요일과 금요일이면 그것은 그녀의 빈약한 쓰레기 봉지를 집어삼켰다. 죽어가는 파리 떼가 도르래 밧줄을 시커멓게 물들였다.
침대 시트는 바닥 매트만큼 시커멨다. 빨래방까지는 다섯
블록을 걸어가야 했던 것이다. 거리는 용광로였고, 태양은
사형집행인이었다. 태양은 날마다 어김없이 이글이글 타올
랐고, 그래서 그녀는 방에 틀어박힌 채 침대에 앉아 필기용
판자를 무릎 위에 얹고서 달걀 완숙을 두 입 베어 먹었다.
얼마 전부터 편지를 쓰기 시작한 터였다.

로사는 폴란드어로 편지를 쓸 때도 있고 영어로 쓸 때도
있었지만, 그녀의 조카는 폴란드어를 잊어버린 지 오래였
다. 로사는 보통 스텔라에게는 영어로 편지를 썼다. 로사의
영어는 어설펐다. 그러나 딸 마그다에게는 가장 훌륭한 문
어체의 폴란드어로 편지를 썼다. 그녀가 쓰는 찢어질 듯 얇
은 종이는, 로비에 놓인 올록볼록 페인트 물집이 잡힌 낡은
책상의 작은 칸막이 구멍에 알 수 없이 나타난, 버려진 편
지지였다. 종이가 없을 때는 창살 우리 같은 안내 데스크에
앉아 있는 젊은 쿠바 여자에게 빈 계산서 용지 한 장을 달
라고 부탁하곤 했다. 이따금 로비의 쓰레기통에서 깨끗한
봉투 하나를 발견할 때도 있었다. 봉투의 접착 부분을 조심
조심 떼어내어 평평하게 펼치면, 근사한 흰색 사각형이, 새
편지지의 새로운 면이 나타났다.

방 안에는 이렇게 쓴 편지들이 어지러이 흩어져 있었다.
그 편지들을 부치기는 쉽지 않았다. 우체국은 빨래방보다

한 블록을 더 가야 했고, 호텔 로비에 있는 우표 자동판매기는 몇 해째 "고장" 푯말이 붙어 있었다. 싱크대 조리대 위에 놓인 타원형 정어리 통조림은 어제부터 뚜껑을 열어둔 채였다. 토할 것 같은 냄새가 벌써 풍기고 있었다. 그녀는 지옥에 있는 기분이었다. "소중하고 아름다운 스텔라," 그녀는 조카에게 편지를 썼다. "내가 스스로를 가둔 이곳은 지옥이야. 한때 나는 최악은 그야말로 최악이니, 그 후로는 최악이 있을 수 없다고 생각했지. 하지만 이제 알겠구나. 최악이 지나갔어도 더 많은 최악이 있다는 것을." 이렇게 쓸 때도 있었다. "스텔라, 나의 천사, 나의 사랑, 악마가 네 안으로 기어들어 네 영혼을 조르고 있는데 너는 그걸 알아차리지도 못하지."

마그다에게는 이렇게 썼다. "너는 암사자로 자라났구나. 너는 황갈색이고, 털북숭이 발가락을 있는 힘껏 펼치지. 너를 훔치는 사람은 그 자신의 죽음을 훔치는 거야."

스텔라의 눈은 작은 소녀의 눈, 인형의 눈 같았다. 둥글었고, 크지는 않았지만 예쁜 눈이었다. 안색은 밝았고, 피부는 깨끗했으며, 무지개 같은 눈썹은 부드러운 데다 속눈썹은 수놓은 듯 풍성했다. 스텔라의 얼굴은 어린 신부의 얼굴이었다. 이 모든 아름다움을 보면, 이 인형의 눈과 미나리아재비 입술, 이 아기 같은 뺨을 보면 도무지 믿지 못할 것이다. 이 순진한 껍데기에서 흡혈귀가 나온다는 것을.

가끔 로사는 스텔라를 잡아먹는 꿈을 꾸곤 했다. 그녀는 스텔라의 혀, 두 귀와 오른손, 통통한 손가락이 달린 아주 통통한 손을 끓이고 있었다. 저마다 잘 다듬어지고 장밋빛을 띤 손톱들 그리고 수많은 반지. 현대식 반지가 아니라 중고 가게의 유행 지난 반지들. 스텔라는 로사의 중고 가게에 있던 모든 것을 좋아했다. 누군가 사용했던 것, 다른 사람의 과거가 얽혀 있는 모든 것을. 로사는 스텔라를 달래기 위해서 그녀를 소중한 너, 사랑스러운 너, 아름다운 너로 불렀다. 그녀를 나의 천사라고 불렀다. 평화를 위해서 이 모든 형용사를 넣어 그녀를 불렀지만, 사실 스텔라는 차가웠다. 스텔라에겐 심장이 없었다. 스텔라, 벌써 쉰 살이 되어가는 그녀는 죽음의 천사였다.

침대는 시커멨다. 스텔라의 속내만큼 시커멨다. 얼마 후 로사는 선택의 여지가 없다고 생각하고는 쇼핑 카트에 빨래를 뭉쳐 넣고 빨래방으로 향했다. 아직 오전 10시밖에 안 되었는데도 태양은 살인적이었다. 플로리다, 왜 플로리다였을까? 왜냐하면 여기 사람들은 이미 태양에 튀겨져, 그녀처럼 껍데기였기 때문이다. 그렇지만 로사는 그들과는 아무런 공통점이 없었다. 오래된 유령들, 늙은 사회주의자들. 이상주의자들. 그들의 관심은 오직 '인류'뿐이었다. 은퇴한 노동자들, 그들은 강의를 들으러 다녔고, 습하고 그늘진 작은 도서관 분원을 자주 찾았다. 그녀가 본 그들은 옆구리에 톨스토이를 끼고, 도스토옙스키를 끼고 걸었다. 그들은 좋은 천을 알고 있었다. 당신이 어떤 옷을 입든 그들은 손가락으로 옷자락을 매만지고는 이름을 붙이곤 했다. 파유,* 코듀로이, 헤링본, 산둥견山東絹, 저지, 소모사, 벨루어, 크레이프.** 그들은 바이어스, 그로그랭,*** "시즌" "기장"을 말하곤 했다. 그들은 노란색을 머스터드라고 했다. 다른 사람들이 핑크색이라고 부르는 것이 그들에게는 선셋이었다. 오렌지색은 탠저린, 빨간색은 핫 토마토였다. 그들은 사라진 동네, 불타 없어진 브롱크스에서, 브루클린에서 옮겨온 이들이었다. 웨스트 엔드 애비뉴에서 온 이도 몇몇 있었다. 언젠가 로사는 콜럼버스 애비뉴에서 채소 가게를 했던 남자를 만났다. 그의 가게는 콜럼버스 애비뉴에 있었고, 그의 집은 거기서 멀지 않은 센트럴파크 근방의 웨스트 70번가에 있었다. 영원히 시들지 않는 정원 같은 플로리다에서도, 그는 자신이 키우던 로메인 상추의 꽃 같은 녹색 머리와 반짝이는 딸기와 매끈한 아보카도를 회상했다.

로사 루블린에게는 플로리다반도 전체가 회한으로 짓눌려 있는 것 같았다. 그들 모두 진짜 삶을 두고 떠나온 이들

* faille. 물결무늬로 짠 비단.
** crepe. 주름진 비단.
*** grosgrain. 표면에 이랑이 지게 짠 천.

이었다. 이곳에 온 그들에게는 아무것도 없었다. 그들 모두 허수아비였고, 가슴팍 안이 빈 채로 살인적인 태양 아래 이리저리 불려 다녔다.

빨래방 안에서 그녀는 틈새 갈라진 나무 벤치에 앉아 세탁기의 둥근 창을 바라보았다. 세탁기 안에서는 세제 거품 파도가 그녀의 속옷에 거품을 묻히고 창유리에 패대기쳤다.

그녀 옆에는 한 노인이 다리를 꼬고 앉아서 신문을 만지작거리고 있었다. 흘깃 보니 헤드라인은 모두 이디시어로 되어 있었다. 플로리다에서는 남자들이 여자들보다 수준이 더 높았다. 남자들은 세계에 관해 조금 더 많이 알고 있었고, 신문을 읽었으며, 국제 정세를 꿰는 것을 사는 낙으로 여겼다. 이스라엘 국회에서 일어나는 모든 일을 그들은 낱낱이 알고 있었다. 여자들은 옛날에 자신이 요리했던 음식이나 읊어댈 뿐이었다 ── 쿠겔,* 피로겐,** 라트카,*** 블린

* kugel. 면, 호박, 감자, 시금치, 브로콜리 등을 넣어 냄비에 구운 파이 비슷한 유대 요리.
** pirogen. 닭 간, 양파 등을 넣어 구운 파이.
*** latke. 으깬 감자를 넣은 팬케이크.

로사

츠,* 청어 샐러드. 여자들의 주요 관심사는 머리 스타일이
었다. 그들은 미용실에 갔다가 붉은 백일초 색의 식물 같은
관을 머리에 쓰고 햇빛 화창한 거리로 나왔다. 눈꺼풀에는
바다 같은 청록색이 칠해져 있었다. 누군가는 그들을 가엾
게 여길 수도 있으리라. 그들은 브린마에 사는 케이티니, 프
린스턴에 사는 제프니 하는 손주들에 관한 소문과 사랑에
빠져 있었으니까. 그 손주들에게 플로리다는 슬럼가였고,
로사에게 플로리다는 동물원이었다.

　로사에게는 뉴욕 퀸스에 사는 냉정한 조카 말고는 아무
도 없었다.

　"생각해보세요." 옆에 앉은 노인이 말을 걸어왔다. "이거
보세요. 이 남자요, 처음에는 히틀러에게 시달리다가 그다
음엔 시베리아에, 시베리아의 수용소에서 고생했대요! 그
러고 나서는 스웨덴으로 탈출하고, 다음엔 뉴욕에 와서 행
상을 합니다. 행상을요. 이때쯤 아내도 얻고 자식들도 생기
고, 그래서 작은 가게를 열어요. 조그만 가게를. 아내는 몸
이 아프고, 그 가게는 그러니까 할인점인데 —"

　"네?" 로사가 되물었다.

　"메인가의 할인점요. 웨스트체스터에 있는 곳이지요. 심
지어 브롱크스도 아니라오. 그런데 그들이 오전 일찍 들어

---

　* blintze. 치즈나 잼을 넣어 구운 팬케이크.

30

왔대요. 아직 이 남자가 쇼핑백을 꺼내놓지도 않은 시각에 말이요, 강도, 깡패들이 들어왔다지 뭡니까. 그들이 이 남자의 목을 졸라 죽여버렸답니다. 시베리아에서도 살아남았는데 그렇게 죽다니!"

로사는 아무 말도 하지 않았다.

"가게 안에는 그 죄 없는 남자 혼자였어요. 댁이 더는 거기서 살지 않는 걸 다행이라 생각해요. 하지만 여기도 낙원이라고 할 수는 없지. 정말이오, 강도와 교살에 관해서라면 세상 어디에도 유토피아는 없다오."

"제 세탁기가 끝났어요." 로사가 말했다. "빨래를 건조기에 넣어야 해서요." 그녀는 신문에 관해, 신문이 전하는 악랄한 보도에 관해 알고 있었다. 그녀 자신이 뉴스거리였던 적이 있었다. 도끼로 자기 가게를 부순 여자. 어제 오후, 브루클린의 유티카 애비뉴에서 중고 가게를 하는 59세의 로사 루블린이 고의로 가게를 파괴했다……『뉴스』지와 『포스트』지. 큼지막한 사진 한 장. 근처에서는 스텔라가 입을 크게 벌린 채 서서 두 팔을 한껏 뻗고 있었다. 『타임스』지에는 여섯 줄이 실렸다.

"실례인 줄 알지만, 말투에 억양이 좀 있네요."

로사는 얼굴을 붉혔다. "다른 곳에서 태어났어요, 여기가 아니라."

"나도 다른 곳에서 태어났지요. 망명자요? 베를린?"

"바르샤바요."

"나도 바르샤바 출신인데! 1920년에 떠났지요. 1906년생이라오."

"생일 축하드려요." 로사가 말했다. 그녀는 세탁기에서 빨래를 꺼내기 시작했다. 옷들은 뒤엉킨 뱀들처럼 서로 엉켜 있었다.

"내가 거들지요." 노인이 말했다. 그는 신문을 내려놓고 엉킨 빨래 푸는 걸 도왔다. "생각해보세요. 바르샤바에서 온 두 사람이 플로리다의 마이애미에서 만나다니. 1910년에 나는 플로리다의 마이애미는 꿈도 못 꾸었다오."

"저의 바르샤바는 아저씨의 바르샤바와 달라요." 로사가 말했다.

"댁의 플로리다 마이애미만큼은 나의 플로리다 마이애미와 같아요." 반짝이는 틀니가 두 줄을 길게 드러내며 그녀를 향해 웃었다. 그는 집적거리는 게 뿌듯한 모양이었다. 그들은 헝클어진 빨래 더미를 함께 건조기에 밀어 넣었다. 로사가 25센트 동전 두 개를 집어넣자 천둥처럼 우르릉거리는 소리가 시작되었다. 파란 줄무늬 원피스, 왼쪽 소매 겨드랑이 부분이 찢어진 원피스의 벨트가 건조기의 금속 면에 부딪혀 딱딱거리는 소리가 났다.

"이디시어 읽을 줄 알아요?" 노인이 물었다.

"아뇨."

"그래도 몇 마디는 할 줄 알겠죠?"

"아뇨." 나의 바르샤바는 아저씨의 바르샤바와 달라요. 하지만 로사는 할머니가 요람을 흔들며 흥얼거리던 자장가를 기억하고 있었다. 할머니는 민스크 출신이었다. **Unter Reyzls vigele shteyt a klorvays tsigele.** 로사의 어머니는 그 소리를 얼마나 경멸했던가! 건조가 끝난 후, 로사는 옷가지를 개는 노인의 손길이 전문가 같다는 걸 알아차렸다. 노인의 손이 속옷에 닿자 그녀는 창피했다. **로사의 요람 밑에 새하얀 어린 염소 한 마리가 있구나**…… 그는 소매 한쪽이 어디에 감춰져 있든, 그것을 찾아내는 방법을 알고 있었다.

"왜 그럽니까." 그가 물었다. "부끄럼 타는 거요?"

"아뇨."

"플로리다의 마이애미에서는 사람들이 더 친절하지요. 설마," 그가 다시 물었다. "아직도 두려운 거요? 여기는 나치도 없고, 하다못해 큐클럭스클랜 단원들도 없어요. 대체 댁은 어떤 사람이기에 아직도 두려워하는 거요?"

"내가 어떤 사람인지는," 로사가 말을 받았다. "아저씨가 보고 계시잖아요. 39년 전에는 다른 사람이었지만요."

"39년 전에 나는 썩 나쁘지 않았지. 충치가 하나도 없었는데 이를 다 잃어버렸다오." 그가 떠벌렸다. "이 전체를 깡그리. 치주 질환이었어요."

"**전** 화학자가 될 뻔했죠. 물리학자나." 로사가 말했다. "제가 과학자가 안 되었을 것 같으세요?" 그 도둑들이 내 삶을 통째로 빼앗아갔어요! 갑자기 그녀의 망막에 비친 풍경이 걷잡을 수 없이 바뀌기 시작했다. 눈부신 들판이 번쩍이는가 싶더니, 이어서 실험실 물품 보관함으로 향하는 컴컴한 복도가 나타났다. 그녀의 꿈속에서도 나타나던 보관함이었다. 그녀는 항상 그 보관함을 향해서 흐릿한 복도를 달려가고 있었다. 선반에는 증류기와 망원경이 가지런히 놓여 있었다. 한때 그녀는 그곳을 걸으면서, 몸을 타고 흐르는 황홀감을 느끼곤 했다 — 끈이 달린 단정한 새 갈색 구두, 하얀 가운, 앞쪽을 일자로 자른 짧은 머리. 진지하고, 야망 있고, 책임감 있는 열일곱 소녀, 미래의 마리 퀴리! 고등학교 시절 한 교사는 이른바 "문어체"가 훌륭하다며 그녀를 칭찬했다 — 아, 빼앗기고 잃어버린 폴란드어! — 이제 그녀는 이 늙은 이민자만큼이나 무력하게 영어로 말하고 글을 쓰고 있었다. 바르샤바에서 온 노인만큼이나! 1906년생만큼이나! 그녀는 쓰라림이 어린 오랜 골목, 빽빽하게 가판이 펼쳐져 있고, 싸구려 옷들이 야외 시렁에 걸려 있고, 혼성 이디시어로 쓰인 간판이 늘어선 골목을 상상했다. 어쨌거나 사람들은 그녀를 망명자라 불렀다. 미국인들은 이 남자, 가짜 치아를 하고 턱살을 늘어뜨린 채, 방탕한 빨간 가발을 쓴 이 남자와 그녀를 구별하지 못했다. 언제 어디서 샀는지 모를 가발 — 로어 이스트 사이드의 들랜시가*였으리라. 멋

34

부리기는. 바르샤바라니! 그가 무얼 안다고? 학교에서 그녀는 투빔**을 읽은 적이 있었다. 너무도 섬세하고, 너무도 숭고하고, 너무도 **폴란드다움**이 가득한 시. 소녀 시절의 바르샤바. 위대한 빛. 그 빛의 스위치를 켠 그녀는 자신의 눈 속에서 살고 싶었다. 어머니가 쓰던 뚜껑 달린 책상의 다리 곡선. 아버지의 책상에서 나던 엄격한 가죽 냄새. 부엌 바닥에 깔린 하얀 타일, 커다란 화분들이 내쉬던 숨결, 다락 옆탑으로 올라가는 좁다란 계단…… 소녀 시절 그녀의 집에는 수천 권의 책이 가득했다. 폴란드어, 독일어, 프랑스어로 된 책들. 아버지의 라틴어 책들. 열띤 전보처럼 짧은 글귀로 어머니가 쓴 시가 가끔씩 실리던 수줍은 문예지들이 놓인 서가. 교양, 고대 문명, 미, 역사! 모퉁이를 돌 때마다 놀랍게 펼쳐지던 거리들, 고풍스러운 집들의 모습, 아취 있는 오래된 처마, 예상치 못하게 나타나던 섬세한 작은 탑들, 첨탑들, 그 광채, 그 고풍스러움! 정원들. 파리를 말하는 사람이라면, 필시 바르샤바를 본 적 없는 사람이었다. 아버지도 어머니처럼 이디시어를 비웃곤 했다. 아버지에게는 게토의 미립자 단 하나도, 썩은 알갱이 하나도 남아 있지 않았다.

---

* Delancey Street. 오랫동안 염가 매장과 할인 매장으로 유명했다. 20세기 중반까지 주로 유대인과 아일랜드인이 많이 찾는 주요 쇼핑가였다.

** Julian Tuwim(1894~1953). 폴란드 시인.

귀족적 감성을 동경하는 사람에게는 누구든 바르샤바의 위대한 빛의 스위치를 켜게 하라.

"이름이?" 노인이 물었다.

"루블린, 로사예요."

"반가워요. 아까부터 왜 자꾸 빼는 거요? 내가 부담스러운 지원서 양식이라도 되나? 그래, 좋아요. 댁이 지원해요, 내가 받아줄 테니." 그가 그녀의 쇼핑 카트를 잡았다. "댁의 집이 어디든 간에 어쨌든 나도 그쪽으로 가니까."

"아저씨 세탁물 꺼내야잖아요." 로사가 말했다.

"내 빨래는 그저께 했어요."

"그럼 여긴 왜 오신 거예요?"

"나는 자연을 사랑하니까. 폭포 소리를 좋아한다오. 어디가 됐든 근사한 곳에 앉아서 신문 읽는 게 낙이지."

"그럴듯한 말씀이네요!" 로사가 코웃음을 쳤다.

"맞아요, 그렇게 숙녀들을 만나러 다니는 거요. 그래, 음악회 좋아해요?"

"전 제 방이 좋아요, 그게 다예요."

"은둔자가 되고 싶은 숙녀라!"

"저만의 문제가 좀 있어서요." 로사가 대답했다.

"나한테 털어놔요."

그녀는 그 옆에서 말없이 터벅터벅 거리를 걸었다. 끌려가는 동물처럼. 그녀의 구두 상태가 좋지 않았다. 다른 구두를 신고 왔어야 했다. 햇빛은 숨이 막히도록 내리쬐고 있었다. 뜨겁게 끓인 꿀을 머리에 퍼붓는 것 같았다. 꿀은 한번 핥기엔 좋지만, 너무 많으면 꿀에 익사할 수도 있었다. 그나마 카트를 끌어줄 사람이 있어서 다행이었다.

"혹시 마음속에서 낯선 사람과는 말하지 말라는 경고라도 합디까? 내 이름을 말하면 더는 낯선 사람이 아니겠지. 사이먼 퍼스키라고 합니다. 사이먼 페레스라는 이스라엘 정치가의 셋째 사촌. 다른 유명한 친척들도 있어요, 우리 가문에 자랑거리가 많지요. 베티 버콜이라고 들어봤어요? 영화배우 험프리 보가트와 결혼한 유대인 여자 말이오. 그 여자도 먼 사촌이에요. 내가 살면서 겪은 이야기를 전부 댁한테 들려줄 수도 있어요. 바르샤바부터 시작해서. 사실 시작은 바르샤바가 아니라, 거기서 몇 마일 떨어진 작은 마을이었어요. 바르샤바에는 삼촌이 살았고."

로사   37

로사가 다시 입을 열었다. "아저씨의 바르샤바는 저의 바르샤바와 달라요."

그가 카트를 멈추었다. "이게 무슨 소리람? 1절뿐인 노래라도 되나? 혹시 내가 세대 차이도 모른다고 생각하는 거요? 난 일흔하나, 그리고 댁은, 댁은 소녀에 지나지 않아요."

"쉰여덟이에요." 그렇지만 그녀가 가게를 부쉈다고 떠들어대던 신문에는 쉰아홉이라고 나와 있었다. 스텔라의 잘못이었다. 스텔라의 검은 속내, 죽음의 천사가 쓰는 셈법.

"그거 봐요. 내가 뭐랬어! 어리구만!"

"전 배운 집안 출신이에요."

"댁의 영어는 여느 망명자가 쓰는 영어보다 나은 게 없어."

"제가 왜 영어를 배워야 하죠? 전 배우겠다고 요구한 적이 없어요. 저는 영어와 아무 상관이 없어요."

"과거 속에서 살 수는 없는 법이요." 그가 충고했다. 쇼핑 카트의 바퀴가 다시 끼익거리고 있었다. 송아지처럼, 로사는 그 뒤를 따랐다. 그들은 셀프서비스 카페테리아에 가까워지고 있었다. 가지 냄새, 감자튀김 냄새, 버섯 냄새가 마치 펌프질한 것처럼 뿜어져 나왔다. 로사는 간판을 읽어보았다.

콜린스 코서* 카메오:

접시에 놓인 모든 것이 그림처럼 예쁜 곳.

뉴욕과 엄마의 주방 낙원에 대한 추억.

천상의 맛과 고향의 향수가 담긴 요리.

에어컨 작동됨.

"저 식당 주인을 알아요." 퍼스키가 말했다. "책벌레거든. 차 한잔할래요?"

"차요?"

"냉차 말고. 차는 뜨거울수록 좋아요. 이건 철학이라오. 어서요, 열이 좀 식을 거요. 댁의 얼굴이 아주 빨개요, 정말이오."

로사는 유리창에 비친 자신을 보았다. 틀어 올린 머리가 헐거워져 비어져 나온 머리카락이 목 양쪽에서 대롱거렸다. 영락없이 깃털 빠져 너덜너덜한 늙은 새의 모습이었다. 비쩍 마른 황새. 원피스의 단추 하나는 사라지고 없었지만, 그래도 벨트 버클이 그 수치심을 덮어줄 것이다. 무엇이 신경 쓰이는 걸까? 그녀는 그녀의 방, 그녀의 침대, 그녀의 라디오를 떠올렸다. 대화하고 싶지 않았다.

"전 가야겠어요." 그녀가 말했다.

* kosher. 유대 율법에 따라 정갈하게 만든 음식을 뜻한다.

"약속?"

"아뇨."

"그럼 퍼스키랑 약속하면 되겠네. 그러니 들어갑시다, 차부터 마시자고. 하지만 차에 얼음 조각을 넣는다면 실수하는 거요."

그들은 안으로 들어가서 구석 자리에 있는 작은 테이블에 앉았다. 흔들거리는 플라스틱 받침대 위에 끈끈한 원반이 얹힌 테이블이었다. "앉아 있어요, 내가 가져올 테니." 퍼스키가 말했다.

그녀는 자리에 앉아 숨을 헐떡였다. 사방에서 은식기가 딸각거리고 쟁강거렸다. 온통 나이 든 사람들뿐이었다. 어느 요양원 식당인가 싶었다. 하나같이 옆에 지팡이가 있고, 버섯목 증후군을 보이고, 아크릴 틀니를 하고 있는 데다 건막류 때문에 앞코를 도려낸 구두를 신고 있었다. 하나같이 벌어진 목깃 사이로 얼룩덜룩한 피부와 사나운 쇄골, 쓸모없는 젖가슴의 주름진 기부가 드러나 보였다. 에어컨은 지나치게 세게 작동되고 있었다. 그녀는 식어가는 땀방울이 목덜미를 핥으며 내려와 등줄기를 따라 엉덩이골로 흘러내리는 것이 느껴졌다. 자세를 바꾸기가 두려웠다. 의자의 등받이는 고리버들이었지만, 앉는 부분이 검은색 플라스틱으로 되어 있었다. 조금이라도 움직였다가는 냄새가 퍼져 나갈 것 같았다. 소변 냄새, 염분 냄새, 나이 든 여자의 피로 냄새. 그녀는 헐떡임을 멈추고 몸을 떨었다. 내가 무얼 신경 쓰는 거지? 난 모든 것에 익숙하잖아. 플로리다, 뉴욕, 어디든 중요하지 않아. 그러나 그녀는 머리핀 두 개를 빼어 흐트러진 머리카락을 잡았다. 그리고 백발 희끗희끗한 머리 매듭의 중심에 밀어 넣어 끝까지 통과시켰다. 그녀에겐 거울도, 머리빗도, 지갑도 없었다. 손수건 한 장 없었다. 있는 거라고는 소맷부리에 쑤셔 넣은 크리넥스 하나와 원피스 주머니 속 동전 몇 개가 전부였다.

"전 빨래방에 가려고 나온 거예요." 그녀가 퍼스키에게 말했다. 퍼스키는 끙 하는 신음과 함께 묵직한 쟁반을 내려놓았다. 차 두 잔, 얇게 썬 레몬 조각이 담긴 접시 하나, 가지 샐러드 접시 하나 그리고 나무 접시처럼 보이는 플라스틱 접시에 놓인 빵, 또 다른 접시에는 대니시 페이스트리가 있었다. "제 돈이 모자랄지도 몰라요."

"걱정 마요, 댁이랑 같이 온 사람은 은퇴한 부자 납세자니까. 이래 봬도 돈이 좀 있어요. 사회보장연금을 받으면 거기에 침을 뱉지."

"어떤 일을 하셨는데요?"

"댁이 잃어버린 것과 같은 것. 허리에. 단추 말이오. 남세스럽기는. 그런 단추는 짝을 찾기가 힘들지, 내가 알기로 그런 단추는 12년 전에 제작을 중단했어요. 매듭단추는 유행이 지났거든."

"단추요?" 로사가 되물었다.

"단추, 벨트, 잡화, 작은 장신구, 맞춤 보석. 공장을 했어요. 내 아들이 물려받을 줄 알았는데 다른 일을 하고 싶어 하더군. 녀석은 철학자라오. 그래서 빈둥거리는 한량이 됐지. 너무 많이 배우면 바보가 된다니까. 이런 말 하기는 싫지만, 녀석 때문에 공장을 팔아야 했다오. 그리고 딸들이 있어요. 큰딸이 무얼 원하든 작은딸도 똑같은 걸 원했어요. 큰딸이 변호사를 만나니, 작은딸도 똑같이 변호사를 만나려고 합디다. 사위 하나는 자기 사업, 세금 다루는 일을 하고, 다른 사위는 팔팔한데 아직 월 스트리트에 있다오."

"훌륭한 가족이네요." 로사가 말을 잘랐다.

"빈둥거리는 한량은 그다지 훌륭하지 않아. 뜨거울 때 마셔요. 그러지 않으면 차가 신진대사에 아무 효능이 없거든. 빵에 버터 발라서 가지 샐러드 얹어 먹는 거 괜찮죠? 그 정도 들어갈 배는 있을 테니 마음 놓고 먹어요. 그래, 혼자 살아요?"

"혼자 살아요." 로사가 대답하고는 혀를 내밀어 차를 맛보았다. 뜨거워서 눈물이 났다.

"내 아들은 서른이 넘었다오. 아직도 내가 녀석을 부양하지만."

"제 조카는 마흔아홉인데, 결혼은 안 했어요. 조카가 나를 먹여 살리죠."

"나이가 너무 많군. 그러지 않았다면 내 아들과 짝지어주고 아들을 부양하게 하자고 하려 했는데. 가장 좋은 건 독립이지. 사지가 멀쩡하다면 일하는 게 축복이오." 퍼스키가 자기 가슴을 매만졌다. "내 심장은 게으름뱅이 심장이지만."

로사가 중얼거렸다. "나도 사업을 했어요. 하지만 부숴버렸어요."

"파산?"

"큰 망치로 부숴버렸어요." 그녀는 생각에 잠기며 말했다. "도랑에서 주워 온 건설 현장의 금속 막대로 부숴버렸죠."

"그렇게 힘세 보이지 않는데. 뼈와 가죽뿐인걸."

"못 믿으세요? 신문에서는 도끼라고 했어요. 하지만 내가 어디서 도끼를 구하겠어요?"

"그건 말이 되네. 댁이 어디서 도끼를 구하겠어?" 퍼스키는 손가락으로 아래쪽 틀니에서 걸리적거리는 것을 빼냈다. 그가 그것을 살폈다. 가지 씨였다. 그녀의 쇼핑 카트 근처 바닥에 무언가 하얀 것이, 하얀 천이 있었다. 손수건. 그가 손수건을 집어 들고는 바지 주머니에 쑤셔 넣었다. 이윽고 그가 물었다. "어떤 사업이었어요?"

"골동품요. 낡은 가구들. 쓸모없는 물건들. 골동품 거울이 전문이었어요. 거기 있던 것들은 뭐든 다 부숴버렸어요. 그

거 보세요." 그녀가 말했다. "이제 저한테 말 걸었던 걸 미안하게 여기고 계시네요!"

"난 아무것도 미안한 게 없소." 퍼스키가 대답했다. "다만 내가 이해해야 할 것이 하나 있다면, 그건 정신적인 문제들이오. 평생을 아내와 함께하면서 그걸 알았지."

"혼자가 아니시군요?"

"어떤 면에서는."

"아내분은 어디 계세요?"

"롱아일랜드 그레이트 넥. 사설 병원에, 병원비가 웬만큼 해야지." 그가 말했다. "아내는 정신병이오."

"심각한가요?"

"전에는 한 번씩 심각했는데, 지금은 그게 일상이 됐지. 자신을 다른 사람이랑 혼동해. 텔레비전 스타들. 영화배우들. 다른 사람들이랑. 요번에는 자기가 내 사촌 베티 버콜인 줄 알더군. 그게 머리에 꽂혀버린 거요."

"안됐네요." 로사가 말했다.

"어때요? 내가 댁한테 짐을 내려놓았으니, 이번엔 댁이 나한테 짐을 내려놓을 차례요."

"내가 무슨 말을 하든, 못 알아들으실 거예요."

"사업은 어쩌다가 때려 부수게 됐어요?"

"가게였어요. 그 가게에 들어오는 사람들이 마음에 들지 않았어요."

"히스패닉? 유색인들?"

"누가 오든 무슨 상관이에요? 누가 오든 간에, 다들 귀먹은 사람 같았어요. 내가 어떤 설명을 해도 이해하지 못했어요." 로사는 일어서서 쇼핑 카트를 잡았다. "대니시 페이스트리 감사해요. 잘 먹었습니다. 이제 가봐야겠어요."

"바래다주리다."

"아니, 아니에요. 사람은 가끔 혼자 있을 필요가 있죠."

"너무 많이 혼자 있다는 건, 너무 생각이 많다는 거요." 퍼스키가 말했다.

"삶이 없는 사람은," 로사가 대답했다. "자기가 살 수 있는 데서 사는 거죠. 가진 게 생각뿐이라면, 생각 속에서 사는 거고요." 로사가 대꾸했다.

"댁의 삶이 없다고?"

"도둑들이 빼앗아갔어요."

그녀는 부지런히 그에게서 도망쳤다. 카트 손잡이가 불타는 막대기 같았다. 모자, 모자를 쓰고 왔어야 했어! 트레머리 속의 머리핀이 두피를 달구었다. 그녀는 땡볕 아래 개처럼 헐떡거렸다. 나무들마저 지쳐 늘어진 것 같았다. 잎마다 먼짓가루를 뒤집어쓴 채 고개를 떨구고 있었다. 끝이 없는 여름, 그건 실수였다!

그녀는 로비 엘리베이터 앞에서 기다렸다. "손님들" —
12년째 거주 중인 이들도 있었다 — 은 점심 식사를 위해
벌써부터 몸단장을 하고 나와 서성거리고 있었다. 두툼한
쇄골과 그 위의 푸르스름한 우물이 드러나는 여름 원피스
를 입은 늙은 여자들. 목덜미가 있어야 할 자리에는 넓은
지방 덩어리가 붙어 있었다. 그들은 스타킹을 신고 있지 않
았다. 푸른 대리석 무늬의 선명한 힘줄이 거의 정사각형의
네모난 종아리를 옭아매고 있었다. 그러나 몽상 속의 그들
은 다시금 젊은 여자로 돌아가 쭉 빠진 불멸의 다리, 건강
한 여신의 하얀 다리를 자랑하고 있었다. 그들은 세월의 무
상함을 잊어버렸을 뿐이다. 그 얼굴에서도 그들 자신은 알
아차리지 못하는 모든 것이 확연히 보였다. 끈으로 조인 듯
조글조글한 입에 칠한 붉은 광택은 결코 젊음을 되찾기 위
한 것이 아니었다. 그들에게 그것은 젊음을 지속하기 위한
것일 뿐이었다. 일흔의 추파. 그들의 눈에는 모든 것이 예
전과 똑같이 머물러 있었다. 의도, 행동, 심지어 기대까지

도 — 그들은 조금도 나아가지 못했다. 그들은 이음매 없이 계속되는 육체의 지속성을 믿고 있었다. 그러나 남자들은 그보다는 내면적이어서, 비밀 영화처럼 눈앞의 삶을 살아가고 있었다.

달큰한 향수가 공기 중에 배어 있었다. 로사의 귀에 봉투 뜯는 소리, 종잇장이 날개 떠는 소리가 들렸다. 자녀들에게서 온 편지들. 손님들은 웃고 울었지만, 거기엔 진지함이나 믿음 따위는 없었다. 성적표, 별거, 이혼, 피아노 위의 금박 거울에 어울리게 새로 샀다는 커피 탁자, 운전을 배우고 있는 열여섯 살 스튜이, 두번째 뇌졸중을 일으킨 밀리의 시어머니, 기억도 가물가물한 지인이 백내장에 걸렸다는 소문, 어느 사촌의 신장腎臟, 랍비의 궤양, 어느 딸의 소화불량, 강도, 이스트 햄튼 파티에서 들은 당혹스러운 소문, 정신분석…… 자녀들은 부자였다. 이렇게 가난한 부모한테서 어떻게 그런 일이 가능할까? 그것은 진짜이기도 했고 진짜가 아니기도 했다. 벽에 비친 그림자들. 벽 위의 그림자들이 움직이지만, 그 벽을 뚫을 수는 없었다. 손님들은 분리되어 있었다. 그들은 스스로 분리된 사람들이었다. 조금씩 조금씩, 그들은 자신의 손주들, 나이 들어가는 자녀들을 잊어가고 있었다. 그리고 조금씩 조금씩, 그들 자신이 그들에게 더 큰 의미로 자리 잡고 있었다. 로비에는 벽마다 거울이 있었다. 거울마다 30년째 걸려 있었다. 탁자마다 표면이 거울 같았다. 거울들 속에 비친 손님들의 모습은 그들에게는 과거의 모습 그대로였다. 힘이 넘치는 서른 살 아낙, 생계를 위해 분투하는 서른다섯 살의 아버지, 다른 대륙, 다가갈 수 없는 풍경과 이해할 수 없는 어휘들로 가득한 낯선 대륙으로 오래전에 건너온, 기억도 희미한 아이들의 어머니 아버지였다. 로사는 용기를 냈다. 엘리베이터 문이 열렸지만, 그녀는 빈 엘리베이터를 그냥 올려 보내고는 피부색 짙은 쿠바 접객원이 앉아 있는 곳으로 곧장 카트를 밀면서, 가슴골에 고인 찐득한 땀방울을 두 손가락으로 쓸어 올렸다.

"우편물요, 루블린, 로사." 로사가 말했다.

"루블린, 오늘은 운이 좋으시네요. 편지가 두 통이에요."

"소포 있는 곳도 살펴보세요."

"운수 터졌어요, 루블린." 쿠바 여자가 말하더니, 로사의 빨래 더미 속으로 물건 하나를 던졌다.

로사는 그 꾸러미 안에 무엇이 들었는지 알고 있었다. 스텔라에게 그것을 보내달라고 부탁했던 것이다. 스텔라는 로사의 부탁을 쉽게 들어주는 법이 없었다. 로사는 그 소포가 등기로 오지 않았다는 것을 당장에 알아보았다. 화가 났다. 스텔라, 죽음의 천사! 그녀는 곧바로 카트에서 소포를 거칠게 들어 올려 포장지를 찢어내고는 꾸깃꾸깃 뭉쳐서 키 큰 재떨이에 처박아버렸다. 마그다의 숄! 세상에, 만에 하나라도, 우편물 속에서 분실되었다면 어떻게 되었을까?

그녀는 소포 상자를 힘껏 가슴에 끌어안았다. 딱딱하고 무거운 것이 느껴졌다. 스텔라가 무언가 끔찍하고 거슬리는 껍데기 속에 숄을 넣은 것이다. 스텔라가 그것을 돌로 만들어버린 것이다. 그녀는 숄에 입을 맞추고 싶었지만, 손님들의 소용돌이가 그녀를 에워싸면서 식당을 향해 밀어댔다. 식당 음식은 단조롭고 빈약했으며, 종종 상한 것이 나오기도 했다. 그런데도 거기서 먹으면 월세가 더 나왔다. 스텔라는 자신이 백만장자가 아니라는 말을 늘 입에 달고 살았다. 로사는 한 번도 식당에서 식사한 적이 없었다. 그녀는 소포 꾸러미를 가슴에 꼭 붙인 채 손님들 사이를 헤쳐 갔다. 너덜너덜한 발가락으로 느릿느릿 걷는 한 마리 새처럼, 카트를 끌면서.

방에 들어온 그녀는 요란하게 숨을 쉬었다. 거의 헉헉거리면서, 거의 빽 소리가 나도록 숨을 쉬었고, 문간방을 흉내 낸 작은 공간에 세탁물이 든 카트를 비스듬히 세워둔 채, 상자와 두 통의 편지를 침대로 가져갔다. 여전히 정돈되지 않은 침대는 생선 비린내를 풍겼고, 커버는 마치 탯줄처럼 한데 묶여 있었다. 난파선. 그녀는 그 안으로 몸을 던지고는 구두를 벗어 던졌다 — 아, 구두는 상처투성이였다. 그 남자, 퍼스키는 분명 그녀의 수치심을 보았을 터였다. 처음에는 사라진 단추, 그 후에는 닳아 해진 구두. 그녀는 상자를 이리저리 돌려보았다 — 직사각형 상자. 마그다의 숄! 마그다의 강보. 마그다의 수의. 마그다의 냄새에 대한 기억, 잃어버린 아기의 거룩한 향기. 살해당한 아기. 울타리, 뾰족뾰족한 철조망이 있는 전기 울타리에 내던져져서. 석쇠와 번철에서, 소각로에서 불타는 아이! 로사는 숄을 코에, 입술에 대곤 했다. 스텔라는 로사가 항상 마그다의 숄을 품고 다니는 것을 못마땅하게 여겼다. 그것을 가지고 다닌다는 이유로 트라우마니, 페티시니 하며 우스꽝스러운 이름을 붙이곤 했다. 스텔라는 뉴스쿨 야간반에서 심리학 수업을 들으며, 그 수업을 듣는 허세 많은 총각들 중에서 결혼 상대를 찾고 있었다.

편지 한 통은 스텔라가 보낸 것이었고 다른 한 통은 또 대학교에서 온 편지였다. 또 보내온 편지, 또 온 질병의 표본. 하지만 상자 안에는 마그다의 숄이 있었다! 상자는 마지막 순서였다. 우선은 스텔라의 두툼한 편지부터(두툼하다는 건 문제가 있다는 뜻이다), 대학교 편지는 중요하지 않았다. 질병 얘기일 테니까. 대학교 편지를 여느니 차라리 세탁물을 정리하는 게 나았다.

로사 고모에게 〔스텔라 씀〕

자, 드디어 해치웠어요. 우체국에 가서 소포를 부쳤어요. 고모의 우상은 지금 가는 중이에요, 따로 포장되어서요. 원하신다면 거기에 무릎을 꿇으세요. 고모는 스스로를 미치게 만들고 있죠, 다들 고모를 미친 여자라 생각해요. 고모의 가게 앞을 지나는 사람들의 구두 밑창에는 지금도 유리가 박혀요. 고모는 나이 많은 어른이고 나는 고모의 조카죠. 내가 훈수 둘 입장은 아니지만, 어쩌라고요! 이제 30년, 40년, 누가 알겠어요. 이제 그만하세요. 고모가 정확히 어떻게 행동할지, 그 장면이 어떨지를 내가 모르는 것 같겠지만 그렇지 않아요. 정말 꼴불견이에요, 역겨워요! 고모는 상자를 열어 그것을 꺼내고 울겠지요. 그리고 미친 사람처럼 그것에 입을 맞추겠지요. 입맞춤으로 구멍이 날 만큼요. 고모는 성聖십자가의 나무 쪼가리를 숭배하던 중세 사람들과 다를 바 없어요. 아무도 모를 머나먼 곳의 어느 변소에서 가져온 나무 쪼가리를 숭배하던 사람들, 아니면 어느 성인의 것이라 여겨지는 머리카락 한 올 앞에 엎드리던 사람들처럼요. 고모는 입을 맞추고, 줄줄 눈물을 흘리겠죠. 그래서 뭐가 달라지나요? 로사 고모, 이제 때가 됐어요. 고모한테도 삶이 있어야죠.

로사는 큰 소리로 말했다. "도둑들이 그걸 빼앗아갔어." 그리고 말했다. "그런데 너, 스텔라, **너한테는** 삶이 있니?"

만약 내가 백만장자였어도 똑같이 말할 거예요. 일을

구하세요. 아니면, 돌아와서 이 집으로 들어오세요. 나는 하루 종일 나가 있으니, 원하시는 게 혼자 있는 거라면 어차피 혼자 사는 것과 같을 거예요. 거기는 너무 더워서 돌아다닐 수도 없고 사람들이 채소처럼 시들어버리죠. 고모가 나한테 한 일을 생각하면 1, 2년 정도는 계속 이런 식으로 지낸다 해도 난 아무렇지 않아요. 이렇게 말하면 나더러 인색하다고 하겠지만, 어쨌거나 나는 세계에서 가장 높은 급여를 받는 사람은 아니니까요.

로사가 말했다. "스텔라! 내가 거기서 너를 데리고 오지 않았다면 네가 살아 있을까? 죽었을 거야. 넌 죽은 몸이야! 그러니 늙은 여자한테 돈이 얼마나 들어가는지 따위의 말은 하지 마라! 내가 내 가게 물건을 너한테 안 주기라도 했니? 그 큰 금박 거울, 넌 그 거울로 네 표독스러운 얼굴을 보잖아. 그 얼굴이 얼마나 예쁜지 난 모르겠구나. 예쁘더라도 표독해. 그리고 넌 너한테 선물 준 사람도 잊어버리잖니!"

그리고 플로리다 얘기를 하자면, 그래요, 거기 있다고 해결되는 건 하나도 없어요. 지금 와서 하는 말이지만, 고모가 이 도시를 떠나 그곳으로 간다고 했을 때 내가 동의하지 않았다면 그들은 고모를 가둬버렸을 거예요. 한 번만 더 사람들 앞에서 소동을 일으키면 고모는 정신병원에 들어가게 돼요. 더 이상 공개적으로 망신 사는 일이 없게 하세요! 제발 미친 사람처럼 굴지 마세요! 고모의 삶을 사세요!

로사가 다시 말했다. "도둑들이 내 삶을 빼앗아갔어." 그러고는 자리를 옮겨 마치 무언가에 홀린 사람처럼 세심하고 꼼꼼하게, 카트에 담긴 세탁물을 세기 시작했다.

팬티 하나가 보이지 않았다. 로사는 다시 한번 세탁물을
하나하나 세어보았다. 블라우스 네 개, 면 스커트 세 개, 브
래지어 세 개, 짧은 속치마 한 개, 긴 속치마 한 개, 수건 두
개, 팬티 여덟 개…… 세탁기에 들어간 건 아홉 개, 정확하
게 아홉이었다. 망신스러워라. 사라진 팬티 — 어디에 떨어
뜨렸는지는 신만이 알리라. 엘리베이터 안이었을까, 로비
에서였을까, 어쩌면 거리였는지도 모른다. 로사는 세탁물
을 세게 잡아당겼다. 그러자 파란 줄무늬 원피스가 뒤틀린
침대 시트 틈에서 천박한 색깔의 벌레처럼 미끄러지듯 **빠**
져나왔다. 겨드랑이에 난 구멍은 이제 더 커져 있었다. 줄무
늬, 두 번 다시 줄무늬를 몸에 걸치지 않겠어! 그녀는 맹세
했다. 그러나 이 줄무늬, 목깃이 낮고 근사한 이 줄무늬 원
피스는 스텔라가 준 생일 선물이었다. 스텔라가 그 옷을 샀
다. 마치 자기는 결백하다는 듯, 마치 아무것도 모른다는
듯, 마치 **거기 없었다**는 듯. 스텔라, 평범한 미국인, 그녀는
미국인과 구별되지 않았다! 스텔라가 입을 열어 그 억양의

연기를 휘감기 전에는 누구도 그녀가 어떤 지옥에서 기어 나왔는지 짐작하지 못했다.

로사는 다시 한번 세탁물을 세어보았다. 진짜였다, 팬티 한 장이 없었다. 자기 속옷도 제대로 챙기지 못하는 늙은 여자.

그녀는 줄무늬 원피스에 난 구멍을 꿰매기로 했다. 그러나 대신에 차 마실 물을 끓이고 카트에서 꺼낸 깨끗한 시트로 침대를 정리했다. 숄이 든 상자는 마지막 순서였다. 그녀는 스텔라의 편지를 침대 아래, 전화기 옆으로 밀어 넣었다. 그녀는 방 전체를 정리했다. 상자를 열었을 때 모든 것이 깨끗해야 했다. 크래커 세 개에 젤리를 바르고 립톤 티백을 웰치스 젤리 뚜껑에 놓았다. 벅스 버니가 거들먹거리며 손가락을 치켜올리는 그림이 있는 포도맛 젤리였다. 퍼스키가 대니시 페이스트리를 사주었지만, 속은 비어 있었다. 스텔라가 늘 하는 말이 있었다. 로사는 인간의 배 속에 사는 조충처럼 찔끔찔끔 먹는다고.

문득 퍼스키가 그녀의 팬티를 자기 주머니에 넣었다는 생각이 들었다.

아, 망신스러워라. 수치스러워라. 아랫배에 통증이 느껴졌다. 타는 것 같았다. 카페테리아에서 허리를 굽혀 그녀의 속옷을 집으면서, 그러는 내내 틀니를 만지작거렸지. 그는 왜 팬티를 돌려주지 않았을까? 그는 당황했던 것이다. 그는 손수건이라고 생각했던 것이다. 남자가 어떻게, 생면부지의 여자에게 그 여자의 속옷을 건넬 수 있단 말인가? 그는 곧바로 그것을 카트 안에 찔러 넣을 수 있었겠지만, 그랬다면 어떻게 보였을까? 섬세한 남자인 그는 그녀에게 망신을 주고 싶지 않았던 것이다. 그가 그 속옷을 가지고 집에 갔다면, 그다음엔 어떻게 했을까? 아내와 떨어져 지내는 남자가 여자 속옷을 가지고 무엇을 할 수 있을까? 나일론에 면 혼방, 허벅지에 닿는 헐렁한 팬티를. 아니면 그가 일부러 슬쩍했을지도 모른다. 색마 같으니, 아내가 미친 사람들과 같이 살고 있으니 굶주렸을 것이다. 스텔라가 말하기를, 로사역시 미친 사람들에 속한다고, 자기한테는 그녀를 거기 집어넣을 힘이 있다고 했다. 잘된 일이다, 그들은 이웃이, 절친한 친구가 될 수 있을 것이다. 그녀와 퍼스키의 아내, 가장 친한 친구. 그 아내는 퍼스키의 성적 습관에 관해 시시콜콜 털어놓을 것이다. 그녀는 그 나이대의 남자가 어떻게 여자의 은밀한 속옷을 훔치기에 이르는지 설명해줄 것이다. 가랑이에 어떤 얼룩이 묻었든, 그건 전혀 중요하지 않다고. 그뿐만이 아니다. 자녀를 둔 여자, 퍼스키의 아내는 아들과, 결혼 잘한 딸들에 관해서 이야기할 것이다. 그리고 로사 역시, 스텔라가 얼마나 싫어하든 상관없이, 마그다에 관해, 서른이나 서른한 살 된 아름다운 젊은 여자에 관해 말할 것이다. 의사와 결혼한 의사, 뉴욕주 매머러넥에 있는 큰 집에 살고, 진료소 두 개를, 하나는 1층에, 또 하나는 지하에 가지고 있는 딸. 스텔라는 살아 있다. 마그다라고 그러지 못하리란 법이 있는가? 마그다가 살아 있지 않다고 주장하는 스텔라, 천한 스텔라가 어떤 애인가? 죽음의 천사 스텔라. 마그다는 살아 있다, 그 맑은 눈, 밝은 머리카락. 스텔라, 어미가 되어본 적 없는 애. 마그다의 숄에 퍼붓는 로사의 입맞춤을 비웃는 스텔라가 어떤 애인가? 아예 숄을 꾸깃꾸깃 입에 집어넣을 작정이군요. 로사, 여느 어미와도 같은 로사는 정신병원에 사는 퍼스키의 아내와 다를 게 없었다.

이 질병! 대학교 편지는 거기서 보낸 편지들이 다 그렇듯, 봉투에 대여섯 개의 소인이 찍혀 있었다. 로사는 그 봉투의 순례길을 상상해보았다. 처음엔 『뉴스』 신문사로, 『포스트』 신문사로, 심지어 『타임스』에까지 갔다가, 이어서 로사의 옛 가게로 갔다가, 다음엔 가게 임대인의 변호사들에게로, 그다음엔 스텔라의 아파트로, 그리고 플로리다의 마이애미로. 편지의 셜록 홈스. 그것은 자신의 피해자를 찾기 위해 내내 분투했다, 그런데 무엇 때문에? 더 많은 피해자를 산 채로 잡아먹기 위해서.

　　캔자스–아이오와 대학교
　　임상사회병리학과
　　1977년 4월 17일

루블린 부인께,

저는 비록 의사는 아니지만, 얼마 전부터 중대한 특수 분야로서 생존자 데이터를 모으기 시작했습니다. 구체적으로 말씀드리면, 저는 현재 캔자스-아이오와 인도주의 맥락 연구소의 미뉴 재단에서 자금 지원을 받아 연구를 진행하면서, 아서 R. 히지슨 박사가 발전시킨 이론과 함께 '억눌린 활기Repressed Animation'라고 널리 알려진 상태에 관한 조사를 설계하고 있습니다. 지금 단계에서 자세히 설명드릴 수는 없지만, 현재까지의 조사를 통해 감금, 노출, 영양실조로 인한 스트레스가 오랜 기간 지속되는 사이 놀라울 정도로 활기의 최소화 현상이 일반화된다는 사실이 밝혀졌음을 귀하께서 미리 알아두신다면 도움이 될 수 있을 것입니다. 그동안 저희가 발견한 바로는 호르몬 변화, 기생충, 빈혈, 약하고 빠른 맥박, 과호흡 등은 물론 광범위한 신경학적 여파(일부 경우 급성 뇌 손상, 정신착란, 방향감각 상실, 조기 노화 등을 포함해)가 나타나며, 특히 아동에게는 섭씨 42도에 이르는 고열, 복수, 발육 지연, 피부와 구강 내 출혈성 염증 등이 나타납니다. 주목할 만한 점은, 이 증상들이 모두 생존자와 그 가족의 현재 상태라는 것입니다.

질병, 질병이란다! 인도주의 맥락, 이건 무슨 뜻일까? 타인의 고통을 바라보는 흥분. 그들의 입에 침이 고이고 있다. 미국에서 염증으로 피 흘리는 아이들에 관한 이야기라니, 무슨 쓰레기 같은 소리인가. 그들이 사용하는 특수한 단어 또한 생각해보라. **생존자**. 무언가 참신하다. 그들이 **인간**을 말할 필요가 없다면 말이다. 과거엔 **난민**이었다. 하지만 지금 그런 존재는 없다. 더 이상 난민은 없고 생존자만 있다. 번호와 다름없는 이름 ── 평범한 무리와는 따로 셈해지는 존재. 팔에 찍힌 파란 숫자와 뭐가 다르단 말인가? 그들은 어쨌거나 당신을 가리켜 여자라고 하지 않는다. **생존자**라 한다. 심지어 당신의 뼈가 흙먼지 속으로 녹아들 때도 여전히, 그들은 **인간**을 잊고 있을 것이다. 생존자와 생존자 그리고 생존자. 언제나, 언제까지나 생존자. 누가 그런 단어를 지어냈을까, 고통의 목구멍에 붙은 기생충 같은 단어를!

의학 설명 팀이 몇 달 동안 생존자들과 인터뷰를 진행하면서, 30여 년 전 수용소 개소 당시 밝혀졌던 상태와 현재의 의학적 설명을 대조했습니다. 솔직히 말씀드리면, 이는 제 분야도 아니고 관심사도 아닙니다. 사회병리학자로서 그리고 인간으로서 제 관심사는……

하! 그 자신에게는 다행스럽게도, 그는 자신을 일컬을 때는 잊지 않고 **인간**이라는 이 단어로 부르고 있다!

……생존자 데이터의 의학적 측면도, 심지어 심리적 측면도 아닙니다.

데이터라니. 썩 꺼지시라지!

이 연구(참고로 이 연구는, 말하자면 이 비통한 주제를 다룬 책들을 결정적으로 마무리하려는 의도가 있습니다)에 참여하고 있는 목적과 관련해 특히 저를 사로잡는 것은, 저로서는 억눌린 활기R.A.의 "형이상학적" 측면이라고밖에 달리 부를 말이 없다는 것입니다. 수용자들은 점차 불교식 태도를 갖게 된다는 사실이 더욱 분명해지고 있습니다. 그들은 갈망하기를 포기하고 비기능적인 관점, 즉 무집착의 관점에서 기능하기 시작했습니다. 혹시나 해서 말씀드리자면, 불교 사상에서 네 가지의 고귀한 진리인 사성제四聖諦는 갈망의 열매 즉 고통을 핵심적으로 요약한 것입니다. 이 관점에서 "고통"이란 추함, 나이 듦, 슬픔, 병듦, 절망, 마지막으로 출생으로 정의됩니다. 무집착의 상태는 여덟 가지의 길인 팔정도八正道를 통해 이르게 되는데, 팔정도에서 가장 높은 단계는 인간이 가진 모든 갈망의 소멸, 다시 말해

완전한 무관심의 가장 숭고한 황홀경이라 할 수 있습니다.

바라건대 부인께서는 저의 이런 사색을 불쾌하게 여기지 않으셨으면 합니다. 사실 저는 부인께서 흥미를 갖게 되기를 희망하며, 불편하지 않으시다면 제가 부인의 댁에 방문해 심층 인터뷰 형식으로 연구를 진행하는 것을 반대하지 않으셨으면 하는 바람입니다. 저는 자연스러운 환경에서 생존자 증후군을 관찰하고 싶습니다.

댁이라니. 집, 집이 어디인가?

모르시겠지만, 올해 미국 임상사회병리학회의 전국 총회 장소는 저희 동부 해안 회원들에게도 공정성을 기하기 위해 라스베이거스에서 마이애미 비치로 옮겨졌습니다. 이번 총회는 오는 5월 중순경 부인 댁 근처의 한 호텔에서 열릴 예정이며, 그 기간에 귀하께서 저를 맞아주신다면 대단히 감사하겠습니다. 저는 뉴욕시의 한 신문을 통해 (우리는 일부 사람들이 생각하는 것처럼 그렇게 지역 국한적이지 않습니다!) 부인께서 최근 플로리다로 이주했다는 사실을 알게 되었습니다. 결과적으로 부인께서는 우리 R.A. 연구에 기여할 수 있는 이상적인 상황에 계십니다. 가능한 한 빨리 승낙해주시기를 기대합니다.

진심을 담아,
제임스 W. 트리 박사

꺼지시라지! 질병이라니! 이건 스텔라한테서 온 것이다, 모든 것이! 스텔라는 이 편지가 무슨 편지인지 알고 있었다, 봉투를 보면 알 수 있었다 — 닥터 스텔라니까! 캔자스-아이오와 임상사회병리학과, 근사한 호텔, 이것은 생명을 빼앗기 위한 치료법이다! 죽음의 천사 같으니!

이 대학교 편지가 올 때마다 로사가 으레 하는 일이 있었다. 가위를 가져와서는 변기 위에서 편지를 싹둑싹둑 잘게 오려 물에 흘려보내는 것이었다. 변기 물을 내리면 네모난 종잇조각들은 결혼 축하용 쌀처럼 빙글빙글 원을 그렸다.

그러나 이번엔 아니었다. 당신의 사성제와 당신의 팔정도도 함께 꺼져줘야겠어! 무집착 따위! 그녀는 그 편지를 싱크대 개수대 안으로 던졌다. 그리고 소인 가득 찍힌 봉투도 던졌다("전송 바람," 스텔라의 글씨는 미국인인 척, 7자를 가로지르는 작은 획까지 그어놓고 그렇게 지시하고 있었다). 그녀는 성냥불을 켜고 거세게 타오르는 불을 바라보았다. 타버리시죠, 트리 박사, 당신의 '억눌린 활기'와 함께 활활 타버리시죠! 세상은 트리로 가득하거든요! 세상은 불로 가득하거든요! 모든 것, 모든 것이 불타고 있거든요! 플로리다는 활활 타고 있거든요!

검게 탄 재 부스러기들이 싱크대 안에 널려 있었다. 검은 나뭇잎, 스텔라의 검은 속내. 로사는 수도꼭지를 틀었고, 재는 나선형을 그리며 떠내려갔다. 이윽고 그녀는 둥근 오크 탁자로 가서 딸에게 보내는 그날의 첫번째 편지를 썼다. 그녀의 건강한 딸, 맥박이 약하거나 빠르지 않고 빈혈도 없는 그녀의 딸, 퀸스에 사는 스텔라의 집에서 돌 ─ 생명을 연장해주고 쇠를 금으로 바꾸는 철학자의 돌 ─ 을 던지면 닿을 거리에 있는 뉴욕시 컬럼비아 대학교의 그리스 철학 교수인 그녀의 딸에게!

마그다, 내 영혼의 축복에게 [로사가 씀]

용서해다오, 나의 노란 암사자. 지난번에 편지 쓴 후로 너무 많은 시간이 지났지. 낯선 사람들이 내 삶을 긁어댄단다. 그들은 뒤를 쫓고, 피가 거꾸로 솟구치게 만든단다. 거기엔 항상 스텔라가 있어. 그래서 펜을 들고 너에게 말할 시간도 없이 하루의 절반이 지나가버려. 기쁨, 가장 깊은 곳에서 우러나는 기쁨, 집이라는 행복감. 우리의 언어로 말한다는 것. 오직 너에게만 하는 것. 엄마는 이제 꼬박꼬박 스텔라에게 편지를 써야 해. 안주인에게 존경심을 표해야 하는 개처럼 말이야. 그게 나의 의무야. 스텔라가 돈을 보내주거든. 스텔라, 해방

후 빵과 초콜릿을 들고 우리를 찾아온 온갖 단체의 발
톱에 걸려든 그 애를 내가 뽑아내주었건만! 모든 것을
차치하고, 그들은 사실 종파적 이념을 팔고 있었어. 자
신들의 군대를 위해 병력을 모으고 있었지. 내가 아니
었다면 그들은 배 한가득 태운 고아들과 함께 스텔라를
팔레스타인으로 보냈을 테고, 그 애가 뭐가 되었을지,
어떻게 살았을지는 신만이 아실 거야. 히브리어를 지껄
이는 현장 노동자. 그거라면 그 애한테 딱 어울렸겠지.
미국스러운 분위기를 풍기면서 말이야. 내 아버지는 결
코 시온주의자가 아니었어. 아버지는 스스로를 "정당
한 폴란드인"이라고 말씀하시곤 했단다. 유대인들이 누
군가에게 자신을 증명하고자 천년 동안 폴란드 땅에 두
뇌와 피를 바친 건 아니라고 하셨지. 어쩌면 내 아버지
는 잘못된 부류의 이상주의자였는지 모르겠구나. 하지
만 아버지에게는 타고난 귀족의 천품이 있었어. 지금
의 나는 그것 ─ 그 모든 일 ─ 을 비웃을 수 있어도 그
러지는 않는단다. 왜냐하면 아버지가 어떤 분이셨는지,
얼마나 속이 단단하셨는지, 어떻게 온갖 경박함에 굴복
하지 않으셨는지 너무도 생생하게 느끼기 때문이야. 젊
은 시절 아버지에게는 시온주의 친구들이 있었어. 그중
몇몇은 일찍 폴란드를 떠나서 살았지. 한 명은 텔아비
브에서 서점을 하고 계셔. 그분은 외국 서적과 정기간

행물을 전문으로 다루지. 불쌍한 우리 아버지. 시온주의라는 답을 만들어낸 것은 다름 아닌 역사였어 — 사실 역사의 임시 사례라고 할 수 있겠지. 내 아버지의 이념은 그보다는 더 논리적이었지. 아버지는 자신을 가리켜 백합과 연꽃처럼, 민족과 민족이 나란히 누울 때가 올 때까지 일시적인 의미에서의 폴란드 애국자라고 하셨어. 근본적으로 아버지는 예언자셨던 게지. 내 어머니는 알다시피 시집을 출간하셨단다. 너에게는 이 모든 이야기가 순수한 전설처럼 들릴 거야.

그 모든 걸 기억할 **수 있는** 스텔라조차 부정하고 있단다. 스텔라는 나더러 우화 창작자라고 하지. 그 애는 늘 너를 질투했어. 스텔라는 일종의 치매에 걸렸고, 너를 비롯해 나머지 모든 현실에 저항하는 거란다. 예전 존재의 모든 흔적이 스텔라한테는 모욕이야. 왜냐하면 그 애는 과거를 두려워하고 미래를 믿지 않거든 — 미래 역시 과거 속으로 돌아갈 거라고 생각해. 그 결과 스텔라한테는 아무것도 남지 않았지. 스텔라는 현재가 과거 속으로, 자신이 감당할 수 있는 것보다 더 빠르게 과거 속으로 말려 들어가는 걸 앉아서 바라보고 있을 뿐이야. 그 애가 가장 간절하게 원하는 한 가지, 미국인 남편을 찾지 못하는 것도 바로 그 때문이야. 나는 이런 고통과 두려움에는 면역이 되어 있어. 늘 알고 있던 거지만, 모성이란 철학을 하다가 머리를 식힐 때의 심오한 위안이란다. 그리고 모든 철학은 시간의 흐름을 둘러싼 고통에 뿌리를 두고 있어. 내 말은 모성에 관한 **사실**, 생리학적 사실을 말하는 거야. 또 다른 인간을 창조할 힘을 가진다는 것, 그 엄청난 수수께끼의 도구가 된다는 것. 전체 유전자 체계를 물려준다는 것 말이야. 나는 신을 믿지 않지만, 가톨릭교도들처럼 미스터리를 믿는단다. 내 어머니는 간절히 개종을 원하셨어. 아버지는 그런 어머니를 비웃었고. 하지만 어머니는 매료되었지. 어머니는 하녀가 부엌 구석에 성모상을 모시도록 내버려 두셨어. 때로는 부엌에 들어가 그 성모상을 바라보기도 하셨어. 스토브에서 올라오던 열기, 일요일에 굽던 팬케이크에서 올라오던 열기에 관해 어머니가 쓴 시의 몇 구절은 지금도 기억이 나는구나.

하느님의 어머니시여, 당신은
피어오르는 이 열기 속에서 떨고 계시네요!
우리의 케이크가 당신께 올라가고
당신은 그분 탄생의 무아지경 속에
숨으십니다.

이 비슷한 거였어. 이보다는 훨씬 근사하고 훨씬 훌

룡한 글이었지. 어머니의 폴란드어는 아주 조밀했단다. 그 모든 의미를 이해하려면 부채처럼 시를 펼쳐봐야 했달까. 내 어머니는 남달리 겸손한 분이었지만, 상징주의자라고 불리는 걸 두려워하지 않으셨어.

이런 이야기를 하며 샛길로 빠졌다고 나를 나무라지는 않겠지. 어쨌거나 너로 인해 나는 자꾸만 이 오랜 기억을 떠올리게 된단다. 네가 아니었다면, 나는 스텔라를 만족시키기 위해 그 모든 기억을 묻어버렸을 거야. 스텔라 콜럼버스! 그 애는 신세계 같은 것이 있다고 생각하지. 하지만 마침내, 드디어, 결국 스텔라는 네 성스러운 유아기의 소중한 흔적을 내주었단다. 그것은 여기, 이 글을 쓰고 있는 나의 바로 옆 상자 안에 있어. 스텔라는 그것을 등기우편으로 부치려는 수고도 하지 않았더구나! 등기로 보내라고 몇 번이고 말했건만. 그 상자를 쌌던 포장지는 버렸고, 상자 뚜껑은 스카치테이프로 덕지덕지 도배되어 있어. 서둘러서 상자를 열지는 않을 생각이다. 처음에는 나의 허기를 걷잡을 수 없어서 기다리지 못할 것 같더니, 지금은 그 무엇도 좋지 않구나. 나는 너를 아껴두는 거란다. 마음이 고요하기를 바라는 거란다. 마음이 흥분된 상태에서는 다이아몬드를 열어보지 않는 법이지. 스텔라는 내가 너의 유물을 만들고 있대. 무정한 애 같으니. 내가 그 애와 해야 했던 그 끔찍한 게임 중 어느 하나라도 말한다면, 넌 충격 받을 거야. 그 애의 치매를 달래기 위해서, 그 애를 조용히 시키기 위해서, 나는 네가 죽은 것처럼 군단다. 그래! 사실이야! 아무리 미친 짓이라도, 그 입을 다물게 하려면 무슨 말이든 못 하겠니. 스텔라는 나를 헐뜯는단다. 어디를 가도 헐뜯고 비방하고, 때로는 — 내 밝은 입술, 내 사랑! — 너까지 헐뜯는단다. 나의 순수함, 눈의 여왕을!

예를 들기도 부끄럽구나. 포르노그래피거든. 스텔라, 그 포르노 작가가 네 아빠에 대해 지어낸 이야기 말이야. 그 애는 모든 진실을 도둑질해, 진실을 강도질하고, 진실을 훔치지. 하지만 아무런 벌도 받지 않지. 그 애는 거짓말을 하는데, 다름 아닌 그 거짓말에 보상이 주어진단다. 신세계지 뭐니! 바로 그래서 내가 가게를 박살 냈던 거야! 여기 사람들은 거짓 이론을 만들어내. 대학교 사람들도 다 똑같아. 그들은 인간을 표본으로 여긴단다. 옛날 폴란드에는 정의가 있었지만, 여기 사람들에게는 사회 이론이 있어. 그들의 시스템은 로마인들에게서 거의 아무것도 물려받지 못했는데, 그래서 그런 거야. 도둑과 거짓말쟁이가 버린 쓰레기를 뒤져서 먹고 사는 사람보다 변호사가 나을 게 없다는 게 놀라운 일일까? 네가 할아버지의 기질을 물려받아 법이 아니라

철학을 공부한 게 얼마나 다행인지.

마그다, 내 말을 믿어주렴. 네 아빠와 나는 지극히 평범하게 살았어 — 내가 "평범"하다는 건 점잖고 다정하고 교양 있다는 뜻이야. 괜찮은 평판을 가진 믿을 만한 사람들이란 얘기지. 네 아빠 이름은 안드제이란다. 네 아빠나 엄마나 괜찮은 집안 출신이야. 네 아빠는 외할머니와 가장 친했던 친구의 아들이었지. 그분은 개종한 유대인이셨고, 비유대인과 결혼하셨어. 너는 원하면 유대인이 될 수도, 비유대인이 될 수도 있어. 그 문제는 너한테 달려 있단다. 너에게는 선택이라는 유산이 있고, 선택은 유일하게 진정한 자유라고들 하잖니. 네 아빠와 나는 약혼한 사이였지. 아마도 우리는 결혼했겠지. 스텔라가 하는 비난은 모두 그 애의 배설물일 뿐이야. 네 아버지는 독일인이 아니야. 나는 어느 독일인에게 한 번 이상 강제로 당하기는 했지만, 그때는 몸이 아파서 임신할 수 있는 상태도 아니었어. 스텔라는 원래 천성이 외설적이어서 네 아빠가 더러운 무장 친위대라는 생각을 자연스레 떠올린 거야! 스텔라는 내내 나와 함께 있었으니, 내가 아는 건 전부 스텔라도 알고 있어. 그들은 나를 그들의 매음굴에 집어넣은 적이 없단다. 절대 그 말을 믿지 마라, 나의 암사자, 나의 눈의 여왕! 내가 너한테 하는 말에는 추호의 거짓이 없어. 철학자들이 말하지, 어머니란 의식의 근원, 양심의 근원, 존재의 근원이라고. 나는 너에게 일말의 거짓도 없단다. 다만 몇 가지 속임수를 썼다는 건 부인하지 않으마. 꼭 필요했던 몇 가지는 말이야. 진실을 알 자격이 없는 사람에게는 진실을 말하지 마라. 나는 스텔라에게 그 애가 듣기 좋아하는 말을 한단다. 내 아이가 죽었다고. 세상을 떴다고. 그 애는 항상 그 말을 듣고 싶어 해. 항상 너를 질투했으니까. 무정한 애 같으니. 심지어 지금도 내가 너를 잃었다고 믿고 있어. 뉴욕의 그 애 집에서 돌던지면 닿을 거리에 네가 있는데도! 그 애가 무슨 생각을 하든 내버려 두자꾸나. 마음이 비뚤어진 애니까, 가여운 스텔라. 내 마음속에 있는 네 존재의 힘이 내 기쁨을 먹어 치우는구나. 노란 꽃송이를! 태양의 잔을!

펜을 잡는다는 것은 정말 이상한 일이었다. 어쨌거나 작고 뾰족한 막대기에 지나지 않은 그것이 상형문자의 웅덩이를 흘린다. 기적처럼 폴란드어를 말하는 펜. 혀에 채워졌던 자물쇠가 제거되었다. 그럴 때가 아니면 혀는 이와 입천장에 사슬로 묶여 있다. 살아 있는 언어에 푹 빠진다는 것. 갑자기 이 청결함이, 이 능력이 샘솟는다, 하나의 역사를 만들고, 말하고, 설명하는 이 힘이 솟아오른다. 되찾고 유예하는 힘!

거짓말하는 힘.

마그다의 숄이 든 상자는 아직도 탁자 위에 있었다. 로사는 그것을 거기 둔 채 일어섰다. 그녀는 좋은 구두를 신고, 괜찮은 원피스(안쪽 라벨에 폴리에스터, "링클프리"라고 적혀 있었다)를 입었다. 머리를 정리하고, 이를 닦고, 칫솔에 구강 청결제를 부어 나일론 강모를 푹 적시고는 빠르게 입안을 헹궈냈다. 나중에 한 번 더 생각한 그녀는 브라와 슬립을 갈아입었다. 그러려면 원피스를 벗었다가 다시 입어야 했는데도. 입술에는 아주 살짝 붉은 기를 더했다 ─ 손가락으로 비벼 파낸 립스틱 찌꺼기였다.

완벽해, 그녀는 무릎으로 침대에 올라가 시트 주름 사이로 쓰러졌다. 꿈을 꾸는 꼭두각시 인형. 어두워진 도시들, 묘비들, 색 바랜 화환들, 회색 들판에서 타오르는 검은 불, 죄 없는 사람들을 몰아대는 짐승들, 입을 크게 벌린 채 두 팔을 뻗은 여자들, 그녀의 어머니가 부르는 소리. 이런 무자비한 장면들이 몇 시간 동안 지나가고 나니 늦은 오후였다. 이때쯤 그녀는 누가 그녀의 속옷을 슬쩍해 자기 주머니에 넣었든 간에, 그 사람은 온갖 비열한 행동을 하고도 남을 범죄자라고 확신했다. 굴욕. 수치심. 스텔라의 포르노그래피!

되찾고 유예하는 힘. 엘리베이터 안에는 아무것도 없었다. 로비에도 없었다. 그녀는 계속 바닥을 보고 다녔다. 하얇게 빛나는 건 없었다.

거리에 나가자 네온색 황혼이 벌써 반짝이고 있었다. 열기와 느릿느릿 떠도는 먼지의 깔깔한 혼합물. 자동차들이 커다란 꿀벌처럼 빠르게 지나갔다. 전조등을 켜기에는 너무 이른 시간이었다. 하늘의 낮은 곳에서는 낯선 두 램프가 서로 경쟁하고 있었다 ― 붉은 해, 핏발 선 달걀노른자만큼 둥글고 찬란한 해. 실크처럼 하얀 달, 산맥들로 회색의 줄무늬를 그려 보이는 달. 이 둘이 기다란 도로 양쪽 끝에 동시에 걸려 있었다. 하루 종일 불타오르던 열기는 움직이는 추처럼 보도에서 위쪽으로 올라가고 있었다. 로사의 콧구멍과 폐는 신중했다. 타는 당밀 같은 공기. 그녀의 속옷은 도로 위에 없었다.

마이애미에서는 밤이 되면 아무도 실내에 머무르지 않는다. 거리는 방랑자와 구경꾼으로 꽉 막힌다. 베두인 유목민처럼 다들 정해진 길 없이 무언가를 찾아다닌다. 바보 같은 플로리다의 비가 흩뿌리지만, 너무 가볍고 아주 잠깐이고 변덕스러워서 누구도 신경 쓰지 않는다. 네온색 알파벳들, 디자인들, 그림들이 갑작스레 내리는 가는 비를 뚫고 기세 좋게 번쩍인다. 발코니가 있는 어느 호텔 위로 번개가 재빨리 날름거린다. 로사는 걸었다. 여기저기서 이디시어가 들려왔다. 이음쇠로 연결된 노부부의 캐러밴이 시원한 해변을 향해 구불구불 내려갔다. 모래는 쉬는 법이 없었다. 늘 파도에 휘저어졌고, 늘 사람에게 치인다. 네온 빛을 발하는 낮은 지평선 아래, 밤이면 담요 밑에서 짝짓기가 이루어졌다.

로사는 해변 근처에 가본 적이 없었다. 모래사장에서 팬티를 잃어버렸을 리는 없지 않은가?

콜린스 코셔 카메오 앞 보도에는 아무것도 없었다. 사워

크림에 버무린 삶은 감자의 반짝이는 배고픈 냄새. 팬티가 꼭 퍼스키의 주머니 속에 있다고 할 순 없었다. 연석 근처의 찌그러진 쓰레기통은 비어 있었다. 잿더미, 검게 그을린 토마토 통조림 깡통, 주방에서 나온 부스러기들, 불타고 있는 낡은 잡지, 그 잿더미 속에서 팬티는 이미 연기를 내뿜고 있을 것이다. 그게 아니면 그냥 빠뜨린 것이다. 아예 세탁기에서 건조기로 옮기지 않은 것이다. 그게 아니라 만약 옮겼다면, 건조기에서 꺼내지 않았든가. 미처 못 본 것이다. 퍼스키는 잘못이 없었다. 야간의 빨래방은 문과 창문을 다 덮는 금속 접이식 문을 닫아 잠가놓았다. 어떤 약탈자들이 그 가마솥 건조기, 거대한 빨래통을 노릴까? 재물은 오해를 낳고 잘못된 관점을 불러온다. 그녀 자신의 재물을 박살 내는 힘. 일종의 자살. 그녀는 자기 손으로 자기 가게를 살해해버렸다. 그녀는 사업보다는 잃어버린 팬티 한 장, 사라진 세탁물에 더 신경을 쏟고 있었다. 그녀는 창피했다. 속살을 드러낸 기분이었다. 그녀의 가게는 뭐였을까? 쓰레기 동굴이었다.

빨래방에서 길 건너 모퉁이에 비좁은 신문 판매소가 있었다. 가판대만큼 한 크기. 퍼스키는 거기서 신문을 샀을지 모른다. 어쩌면 나중에, 석간신문을 사러 들렀다가 주머니에 있던 그녀의 팬티를 떨어뜨리지는 않았을까?

뉴욕 억양을 쓰는 사람들. 그곳은 좁았고, 에어컨도 없었다.

"부인? 찾으시는 게 있나요?"

신문? 로사는 세상에 대해 알 만큼 알았다.

"저기요, 여기는 발 디딜 틈도 없으니 무얼 사든가 아니면 나가세요."

"내 가게는 여기보다 여섯 배는 더 컸어요." 로사가 말했다.

"그럼 댁네 가게로 가시든가."

"지금은 가게가 없어요." 그녀는 다시 생각해보았다. 만약 누군가 팬티 한 장을 숨기려 한다면, 처분하는 게 아니라 숨기려 한다면, 그 사람은 그걸 어디에 둘까? 모래 속이다. 돌돌 말아 파묻을 것이다. 그녀는 팬티 가랑이에서 느껴지는 모래의 무게는 어느 만큼일까 생각했다. 젖어서 무거운 모래, 종일 햇볕을 받아 아직 뜨거운 모래. 그녀의 방은 더웠다. 밤새도록 더웠다. 공기가 없었다. 플로리다에는 공기가 없었다. 식도 안으로 스며드는 이 시럽밖에는. 로사는 걸었다. 그녀는 모든 것을 보았지만, 그것들은 마치 날조된 것 같았고 상상 속에서 나온 것 같았다. 그녀는 무엇과도 연결되어 있지 않았다. 그녀는 어느 문에 다다랐다. 그 뒤로 얼룩덜룩한 해변이 펼쳐져 있었다. 어느 큰 호텔에 속한 해변이었다. 빗장이 열려 있었다. 파도의 가장자리에서 뒤를 돌아보면, 해안을 따라 검은 총안이 있는 형상들이 길

게 뻗어 있었다. 어둠 속에서 실루엣으로 보이는 높은 호텔의 지붕마다 무자비한 이빨을 드러내고 있었다. 어떤 건축가도 이런 이빨을 즐겁게 꿈꾸었을 리는 없으리라. 모래는 이제 겨우 식기 시작했다. 바다 위로 펼쳐진 하늘은 별 하나 없는 어둠을 숨 쉬고 있었다. 그녀의 뒤쪽, 호텔들이 그 도시를 꽉 물고 있는 곳에서는 갈색 도는 붉은 먼지의 빛이 내려앉아 있었다. 진흙 구름. 모래 해변에는 몸뚱이들이 흩어져 있었다. 폼페이의 사진. 화산재 속에 엎드린 모습. 그녀의 팬티는 모래 속에 있었다. 그게 아니라면 토르소의 일부처럼 모래로 단단하게 싸여 있었다. 부서진 조각상, 몸통에서 멀리 떨어져 나간 인간의 사타구니, 영혼이 통째로 빠져나간 채 버려져 낯선 이들의 발길에 차이는 둔부. 그녀는 그것을 구하기 위해 좋은 구두를 벗고 걷다가, 서로 꽂힌 듯 키스하는 두 연인의 땀에 젖은 얼굴을 밟을 뻔했다. 흡입 중인 한 쌍의 물짐승. 어디서나 똑같았다. 모든 대륙의 가장자리마다, 이 꾸르륵거림, 거품 만들기, 뚝뚝 흘리기는. 진정한 파쇄공, 팬티를 도난당한 여자, 자기 손으로 자기 가게를 살해한 여자라면 바닷속으로 정결하게 발을 들이는 방법을 알 것이다. 수평의 터널. 꼿꼿이 서서 들어가기만 해도 바다의 인력 속으로 빠질 수 있다. 밤바다는 얼마나 단순한가. 오직 모래만이 예측 불가능하다. 거기엔 백 개의 굴과 천 개의 매장지가 있다.

아까 그 문에 다시 도착하고 보니, 빗장이 꿈쩍도 하지 않았다. 교활한 설계, 그것이 무단출입자를 덫에 가두었다.

그녀는 눈을 들었고, 문을 타고 넘을까 생각했다. 그러나 꼭대기에 철조망이 둘려 있었다.

모래 해변에 나란히 놓인 두 개의 둔덕이 너무도 많았다. 그것은 가망 있는 보초병을 선택하는 문제였다. 그녀를 내보내줄 누군가를 골라야 했다. 그녀는 다시 해변으로 내려갔고, 달랑거리는 구두 끝으로 누군가의 몸을 톡톡 쳤다. 마치 총에 맞은 듯 그 몸이 움찔했다. 그 몸이 벌떡 일어났다.

"저기요, 여기서 어떻게 나가는지 아세요?"

"객실 열쇠로요." 아직 모래 속에 평평히 누워 있는 두번째 몸이 말했다. 남자였다. 두 사람 모두 남자였다. 호리호리하니 모래를 뒤집어쓴 두 남자. 벌거벗은 몸. 평평히 누운 남자의 그 부위가 부풀어 있는 것이 그녀의 눈에 들어왔다.

"전 이 호텔에서 온 게 아니라서요." 로사가 말했다.

"그럼 여기 들어오시면 안 되죠. 이 해변은 사유지예요."

"저 좀 나가게 해주실래요?"

"부인, 제발요. 그냥 꺼져주세요." 모래 속의 남자가 말했다.

"나갈 수가 없어요." 로사가 애원했다.

서 있던 남자가 웃었다.

로사는 물러서지 않았다. "혹시 열쇠를 갖고 계시다면 ─"

"있기는 한데, 부인. 부인한테는 못 줘요." 아래쪽에서 중얼거리는 소리.

　그녀는 이해했다. 성적 조롱이었다. "소돔이 따로 없어!" 그녀는 경멸하듯 내뱉고는 비틀거리며 자리를 떴다. 그녀 뒤에서 웃음소리가 들렸다. 그들은 여자를 혐오했다. 아니면 그녀가 유대인인 줄 알았거나. 그들은 유대인을 혐오했다. 하지만 아니, 그녀는 칙칙한 모래 속에서, 노랑 수선화 같은 할례 흔적을 알아보았다. 그녀의 손목이 떨리고 있었다. 철조망 뒤에 갇혀버리다니! 아무도 그녀가 누군지 알지 못했다. 그녀에게 무슨 일이 있었는지, 그녀가 어디서 왔는지 알지 못했다. 그들의 문, 그들의 열쇠에 담긴 끔찍한 책략, 철조망, 남자들과 함께 누운 남자들…… 그녀는 또 다른 둔덕에 다가가기가 겁이 났다. 도와줄 사람은 없었다. 박해자들. 날이 밝으면 그들은 그녀를 체포할 것이다.

　그녀는 다시 구두를 신었고, 울타리를 따라 난 시멘트 길을 걸었다. 그 길이 그녀를 빛으로 인도했다. 흑인들의 목소리. 창문 하나. 거대하고 깊은 냄새. 주방이 뿜어내는 냄새, 환풍기가 수프 냄새를 휘저어 잡초들 틈으로 내뿜고 있었다. 문 하나가 우유통 뚜껑으로 받쳐진 채 빼꼼히 열려 있었다. 방대한 공간에 놓인 조리대들, 스토브들, 찜통들, 냉장고들, 커피 여과기들, 각종 통들, 양푼들. 어느 성의 주방이었다. 그녀는 고기 피가 묻은 앞치마를 두른 흑인 요리

사들을 지나 짧은 복도를 통과해 달아나다가, 엘리베이터를 마주한 막다른 곳에 이르렀다. 그녀는 버튼을 누르고 기다렸다. 주방 사람들은 그녀를 보았다. 그들이 쫓아오려나? 그들의 고함이 들리긴 했지만, 그건 그녀와는 상관없는 소리였다. 그들은 목요일, 목요일을 외치고 있었다. 목요일이 되면 더는 새 감자가 없다. 일종의 비상 상황 얘기 같았다. 엘리베이터가 그녀를 신고 1층으로, 로비로 데려갔다. 그녀는 엘리베이터 밖으로 나왔다, 자유였다.

이 로비는 어느 궁전의 홀이었다. 가운데에는 진짜 분수가 있었다. 에메랄드색 돌고래들이 입에서 물을 뿜고 있었다. 분수 주변에는 금박을 두른 천사들이 있었다. 날개를 단 한 인어는 금색 항아리에서 금색 꽃들을 부어내고 있었다. 숲을 이룬 키 큰 식물들, 짙은 파란색, 은색, 금색이 뿌려진 야자수들은 분수 가장자리에 있는 수많은 녹색 대리석 그릇들에서 잎을 내었다. 물은 대리석 통로로 흘러 들어가 작은 실내 개울을 이루었다. 주변에 드넓게 펼쳐진 왕실 카펫은 볏을 단 새들의 모습으로 짜여 있었다. 멋지게 차려입은 남녀들이 사자 발 모양 다리가 달린 금색 왕좌에 앉아 담배를 피우고 있었다. 금빛 지껄임. 이런 곳을 거닌다면 스텔라는 얼마나 행복해할까! 로사는 벽 가까이 붙어서 걸어갔다.

녹색 제복을 입은 한 남자가 보였다.

"지배인요." 그녀가 꺽꺽거리는 소리로 말했다. "지배인 한테 할 말이 있어요."

"사무실은 저쪽입니다." 그 남자는 어깻짓으로 유리 벽

뒤쪽의 마호가니 책상을 가리켰다. 빨간 가발을 쓴 지배인은 문장紋章이 새겨진 편지지에 진지한 표시를 하고 있었다. 퍼스키 역시 빨간 가발을 썼었지. 플로리다는 가짜 불로 넘쳐났다, 불타는 가짜 머리들! 다들 하나같이 사기꾼이었다.

"무슨 일이시죠?" 지배인이 말했다.

"저기요, 여기 해변에 철조망이 있어요."

"저희 손님이십니까?"

"다른 곳에서 왔어요."

"그렇다면 그건 부인이 상관할 바가 아니잖습니까?"

"여기 철조망이 있다고요."

"덕분에 하층민들이 못 들어오죠."

"미국에서는 울타리 위에 철조망이 있으면 안 돼요."

지배인이 진지한 표시를 하던 손을 멈추었다. "나가주시겠습니까?" 그가 말했다. "그냥 나가주시죠."

"무고한 사람들을 철조망 뒤에 가두는 건 나치뿐이에요." 로사가 말했다.

붉은 가발이 떨어졌다. "제 이름은 핑켈스테인*입니다."

"그럼 더 잘 알고 계시겠네요!"

"어서요, 댁한테 뭐가 좋을지 안다면 여기서 나가주세요."

---

* Finkelstein은 이디시어로 '반짝이는 돌'이라는 뜻을 가진 유대계 성씨다.

"우리가 거기 있을 때 당신은 어디 있었죠?"

"나가주세요. 지금까지는 친절하게 대하는 겁니다. 나가세요."

"로비에 있는 웅덩이에서 춤추고 있었겠죠. 거기 있었겠죠. 철조망이나 드시죠, 핑켈스테인 씨. 꼭꼭 씹어 먹다가 목에 걸리시라고요!"

"집에 가세요." 핑켈스테인이 말했다.

"여기 뒷마당이 소돔과 고모라더군요! 거기 게이들이 있고 철조망이 있다고요!"

"저희 해변에 무단 침입하셨군요." 지배인이 말했다. "경찰을 부를까요? 그전에 나가는 게 좋을 텐데요. 중요한 손님들이 와 계시니 소란 피우시면 저희도 가만 안 있을 겁니다. 저한테는 이런 일에 낭비할 시간도 없고요."

"그들은 항상 나한테 편지를 보내요. 댁의 중요한 손님들이요. 총회." 로사가 비웃었다. "임상사회병리학, 맞죠? 트리 박사가 여기 머물고 있죠?"

"제발 나가요." 핑켈스테인이 말했다.

"말해봐요, 트리 박사가 와 있죠? 아니에요? 제가 말해드리죠, 오늘이 아니라면 나중에라도 올 거예요, 지금 오고 있거든요. 표본 조사하러 오고 있어요. 나는 중요한 사람이에요! 그 박사가 인터뷰할 사람이 바로 나예요, 핑켈스테인 댁이 아니라요! 제가 연구 사례죠!"

빨간 가발이 다시 떨어졌다.

"아하!" 로사가 소리쳤다. "보아하니 트리 박사가 와 있네! 트리가 한 다발은 있어!"

"저희는 손님의 프라이버시를 지켜드립니다."

"철조망으로 지키는 거군요. 그거 트리 거 맞죠? 내 말이 맞나 보네! 트리야! 트리가 여기 묵고 있어, 맞죠? 트리가 와 있다고 인정해요! 핑켈스테인, 이 무장 친위대야, 인정하라고!"

지배인이 일어섰다. "나가요." 그가 말했다. "어서 나가. 지금 당장."

"걱정 마요, 별일 없을 테니까. 거리를 두는 게 내 일이거든요. 나한테 트리는 필요 없어요. 트리들이라면 지긋지긋하거든, 당신은 걱정하지 않아도 돼 — "

"**꺼지라고.**" 빨간 가발이 말했다.

"부끄러운 줄 알아." 로사가 말했다. "당신 같은 사람이 핑켈스테인이라니." 로사는 빛을 발하며, 의기양양하게, 개운한 마음으로 에메랄드빛 반짝이는 로비를 지나 앞쪽의 조명 환한 차양을 향해 당당히 걸어갔다. 초록색 네온으로 쓰인 **호텔 마리 루이즈**. 영국 해군 제독 같은 문지기는 곱게 땋은 금발을 어깨 위로 늘어뜨리고 있었다. 그들은 그녀를 가두어놓았고, 그녀를 거의 잡을 뻔했다. 하지만 그녀는 탈출할 방법을 알고 있었다. 큰 소리로 외쳐라. 스텔라를 구했을 때, 그들이 스텔라를 팔레스타인행 보트에 억지로 태우고 있었을 때와 똑같이. 그녀는 유대인에 대한 두려움 따위는 없었다. 어머니와 아버지에게 물려받은 것이지만, 가끔은 어느 정도 유대인을 경멸하기도 했다. 바르샤바의 유대인 무리는 진짜 세계의 웅대함과는 담을 쌓고 지냈다. 특정 부류의 주민들. 퍼스키와 핑켈스테인. "그들의" 유대교 회당엔 여성 전용 발코니가 있었다. 원시적이기는. 그녀의 집, 그녀가 받은 양육 — 그에 비하면 지금 그녀는 얼마나 몰락했는가. 민속 주술에 관한 혐오스러운 이야기. 고귀한 귀족이 작은 회갈색 설치류로 변해버린 이야기. 영어라는 독을 깨물다 이에 금이 간 그녀. 이곳의 그들은 천박했다, 그들은 아무것도 몰랐다. 경박했다. 도덕적으로 스텔라는 경박해 보였다. 파란 줄무늬, 철조망, 남자들을 껴안은 남자들……그들이 널리 퍼뜨린 것은 무엇이든 위험하고 혐오스러웠다, 경박했다.

사라졌다. 사라져버렸다. 어디에도 없었다. 마이애미 해변 전체에도 없었다. 모래 속에도 없었다. 격렬하고 뜨거운 네온 빛 밤의 도시 전체에도. 공허한 수색이었다. 누군가의 주머니 안에 있었다.

퍼스키가 그녀를 기다리고 있었다. 그는 안내 데스크 근처의 찢어진 갈색 플라스틱 윙체어에, 한쪽 다리를 다른 다리에 걸치고 앉아 신문을 읽고 있었다.

그녀가 다가오는 것을 보고 그가 벌떡 일어섰다. 그는 셔츠와 바지만 입고 있었다. 넥타이도 재킷도 없이. 편안한 차림.

"루블린, 로사!"

로사가 물었다. "여기는 어떻게 오셨어요?"

"이 밤에 어디 갔었어요? 몇 시간째 앉아 있었어요."

"제가 어디 사는지 말씀드린 적이 없는데요." 로사가 비난하듯 말했다.

"전화번호부를 뒤졌지요."

"제 방엔 전화선이 연결되어 있지 않아요. 저는 아는 사람도 없고요. 제 조카는 편지를 보내오죠, 장거리 전화비를 아끼려고."

"좋아요. 진실을 말해줘요? 오늘 낮에 당신을 따라갔어요, 그게 전부요. 내가 사는 동네를 벗어나 간단하게 산책 겸. 당신 뒤를 몰래 따라간 거요. 그렇게 당신이 지내는 곳을 알아냈고, 여기 와 있는 거요."

"잘하셨네요." 로사가 말했다.

"그게 기분 나빠요?"

그녀는 그를 의심하고 있다고 말하고 싶었다. 그는 그녀에게 재킷 주머니 안을 보여줄 의무가 있었다. 여자를 미행했다고 자기 고백을 하는 교활한 사람. 재킷이 아니라면 바지 주머니라도. 하지만 그렇게 말하기는 불가능했다. 그의 바지 안에 든 그녀의 팬티를 보여달라니. 대신에 그녀는 이렇게 물었다. "무슨 일이에요?"

그가 틀니를 번쩍였다. "데이트."

"유부남이시잖아요."

"아내가 없는 유부남."

"아내분이 있으시면서."

"어떻게 보면 그렇지. 미친 아내지만."

로사가 말했다. "나도 미쳤어요."

"누가 그럽디까?"

"제 조카가요."

"남이 뭘 안다고?"

"조카는 남이 아니에요."

"내 아들은 남인데. 조카는 말할 것도 없지. 어서요, 근처에 차를 세워두었어요. 에어컨도 나와요. 한 바퀴 돕시다."

"아저씨는 애가 아니잖아요, 저도 애가 아니고요."

"내가 애가 아니라고 당신까지 아닌 건 아니지." 퍼스키가 말했다.

"저는 진지한 사람이에요." 로사가 말했다. "목적지 없이 돌아다니는 건 제 방식이 아니에요."

"누가 목적지가 없대? 머릿속에 다 있어요." 그가 생각했다. "내 동년배 시민들. 아주 근사한 피너클* 카드 게임."

"관심 없어요. 새로운 사람은 필요 없어요."

"그렇다면 영화. 당신은 새로운 것을 좋아하지 않으니까 옛날 영화를 찾으면 되겠군. 클라크 게이블, 진 할로."

"흥미 없어요."

"해변으로 드라이브. 바닷가를 거닐고, 어때요?"

"벌써 다녀왔어요." 로사가 대답했다.

"언제?"

"밤에요. 방금."

"혼자서?"

로사가 말했다. "잃어버린 게 있어서 찾고 있었어요."

"딱한 루블린. 잃어버린 게 뭐요?"

---

* pinochle. 보통 2~4명이 48장의 카드 덱을 가지고 하는 트릭 테이킹 카드 게임.

"제 삶요."

그렇게 노골적으로 말하는 것이 갑자기 창피하지 않게 느껴졌다. 사라진 속옷 때문에, 그 앞에 서자 자존감이 없어진 것 같았다. 그녀는 퍼스키의 삶을 생각해보았다. 얼마나 사소한 삶의 연속이었을까. 단추들, 그 자신이 단추 하나보다 더 의미 있지는 않았으리라. 그가 그녀를, 지금은 닳고 닳아 구석이 되어 플로리다로 굴러온 그 자신처럼, 또 하나의 단추로 취급한다는 건 분명했다. 마이애미 전체가 쓸모없는 단추들을 위한 상자였다!

"그렇다면 피곤하다는 얘기군. 좋은 생각이 있어요." 퍼스키가 말했다. "나를 위층으로 초대해요. 차 한잔이면 돼요. 그냥 대화를 나눕시다. 두고 봐요, 나한테 다른 생각이 있으니까. 내일 어딘가로 갑시다. 당신 마음에 들 거요."

마침 기적처럼 그녀의 방은 손님 맞을 준비가 되어 있었다. 깔끔하고 깨끗했다. 정리가 되어 있었다. 침대의 끝이 어디고 탁자는 어디서 시작되는지 알 수 있었다. 가끔은 그 모든 게 뒤죽박죽이라, 혼잡스러운 고속도로 같았다. 방문객을 위해서 때마침 운명이 그녀의 방을 정리해둔 것이다. 그녀는 차를 준비하기 시작했다. 퍼스키는 신문을 탁자에 내려놓더니 그 위에 기름 묻은 종이 봉지를 놓았다. "꽈배기 도넛이오!" 그가 말했다. "차 안에서 먹으려고 샀는데, 하지만 이 방도 아주 좋군요, 아늑하고. 아늑한 방을 얻었네요, 루블린."

"비좁은 거죠." 로사가 말했다.

"내 이론은 좀 달라요. 모든 것을 나쁘게 묘사하는 방식이 있지만, 좋게 묘사하는 방식도 있지. 좋게 묘사하는 방식을 택한다면, 사는 게 더 나아진다오."

"나 자신한테 거짓말하고 싶지 않아요." 로사가 말했다.

"인생은 짧아요, 우리 모두 거짓말하기 마련이고. 어디 보자, 종이 냅킨 있어요? 신경 쓰지 말아요, 그런 건 필요 없으니. 잔이 세 개라! 행운의 수로군. 보통 혼자 사는 사람은 그렇게 많이 갖고 있지 않은데. 봐요, 바닐라 맛, 초콜릿 맛. 플레인 두 개. 플레인이 좋아요, 아닌 게 좋아요? 아주 괜찮은 티백이네. 느낌 있어. 자, 봐요, 루블린? 모든 것이 근사하잖소!"

그는 탁자에 다과 준비를 마친 상태였다. 그 때문인지 로사에게는 그 방구석이 새로워 보였다. 마치 그곳을 처음 보는 것 같았다.

"차가 식게 둬선 안 돼요. 오늘 오전에 내가 한 말을 기억해요, 뜨거울수록 좋아요." 퍼스키가 말하고는, 스푼으로 행복하게 짤그랑 소리를 냈다. "여기, 이쪽에 더 공간을 만들어봅시다 —"

그가 손을, 꽈배기 기름이 묻은 손을 마그다의 상자 위에 얹었다.

"건드리지 말아요!"

"왜 그래요? 살아 있는 것이라도 들었나? 폭탄? 토끼? 으깨지는 건가? 아니, 알았다. 숙녀용 모자로군!"

로사는 그 상자를 껴안았다. 자신이 바보 같고 하찮게 느껴졌다. 이곳에서는 모든 것이 경박했다, 심지어 존재의 가장 깊은 속성마저도. 누군가 그녀의 생명 장기들을 잘라내 그녀에게 들고 있으라고 준 것 같았다. 그녀는 침대까지 짧은 거리를 걸어갔다, 세 걸음. 그리고 상자를 베개 위에 놓았다. 뒤돌아서 보니, 퍼스키의 틀니는 저 혼자만의 행복 속에서 계속 빛나고 있었다.

"사실을 말하자면," 그가 말했다. "난 오늘 밤 당신한테 아무것도 기대하지 않았어요. 당신은 해결해야 할 일이 있으니까, 그 정도는 나도 안다오. 당신을 보면 내 아들이 생각나. 당신한테 차 한잔을 얻어 마시는 것조차 감지덕지한 일이지. 더 나쁜 대접을 받을 수도 있으니까. 내일은 진짜 약속을 하는 거요. 이건 질문이 아니오, 부탁도 아니고. 내가 하자는 대로 해요, 어때요?"

로사는 자리에 앉았다. "생각 중이에요, 이곳을 나가서 뉴욕으로, 조카한테로 가야 할지를 ─ "

"내일은 가지 말아요. 모레가 되면 당신은 삶을 바꾸게 될 거요. 그리고 내일은 나와 함께 가는 거요. 여섯 건의 모임이 있는데 선택해봐요."

로사가 의심스레 되물었다. "모임이라뇨?"

"연사들. 당신 같은 멋진 사람들을 위한 강연. 피너클 카드 게임보다는 더 고상한 일."

"저는 카드 안 해요." 로사가 인정했다.

퍼스키가 방 안을 둘러보았다. "그렇다고 책도 한 권 안 보이는데. 도서관으로 드라이브 가는 건 좋아하겠지요?"

한 줄기 감사의 마음이 그녀의 목구멍을 조여왔다. 그는 그녀가 어떤 존재인지 거의 이해한 것이다. 결코 평범한 단추는 아니라는 것을. "저는 폴란드어로 된 책만 읽어요." 그녀가 말했다. "영어로 읽는 건 좋아하지 않아요. 문학을 위해서는 모국어가 필요하죠."

"**문학**이라, 이런, 이런. 폴란드어 책은 흔하지 않은데. 그게 나무에서 자라는 것도 아니고. 루블린, 당신은 적응해야 해요. 익숙해져야 해!"

그녀는 경계했다. "나는 모든 것에 익숙해요."

"평범한 사람이 되라는 얘기가 아니오."

"제 조카 스텔라가 그러더군요." 로사가 천천히 입을 열었다. "미국에서는 고양이 목숨이 아홉 개래요. 하지만 우리, 우리 같은 사람들의 목숨은 고양이 목숨보다 적어서 세 개가 있대요. 그 이전의 삶, 진행 중인 삶, 그 이후의 삶요." 퍼스키는 그녀의 말을 이해하지 못하는 것 같았다. 그녀가 말했다. "그 이후의 삶이 지금이에요. 하지만 그 이전의 삶,

우리가 태어난 고향에서의 삶이 우리의 **진짜** 삶이죠."

"그럼 진행 중인 건?"

"그건 히틀러였죠."

"불쌍한 루블린." 퍼스키가 말했다.

"당신은 거기 없었잖아요. 영화를 보고 아는 거예요." 그녀는 자신이 그에게 수치심을 안겨주었다는 것을 깨달았다. 그녀가 사람에게 수치심을 주는 이 힘을 발견한 건 오래전부터였다. "다 지난 일이다. 그 이후가 중요하다. 스텔라가 신경 쓰는 건 그것뿐이에요. 하지만 나한테는 오직 하나의 시간뿐이에요. 그 이후 같은 건 없어요."

퍼스키는 골똘히 생각했다. "당신은 모든 것이 그 이전과 같기를 원하는 게로군."

"아니, 아니, 아니에요." 로사가 반박했다. "그건 불가능해요. 저는 스텔라의 고양이 이야기를 믿지 않아요. 그 이전은 꿈이에요. 그 이후는 농담이고. 오직 진행 중인 것만 있을 뿐이죠. 그리고 그걸 삶이라 부르는 건 거짓말이에요."

"하지만 다 끝났잖소. 당신은 그걸 겪어냈고, 지금 당신은 스스로에게 빚을 지우는 거요."

"스텔라도 그렇게 말해요. 스텔라는 ── " 로사가 잠깐 멈추었다가 다시 말을 시작했다. "스텔라는 자기가 하고 싶은 대로 해요. 기억을 지워버리고 싶어 하죠."

"때로는 조금 잊어버리는 것도 필요한데." 퍼스키가 말했다. "삶에서 무언가를 얻고 싶다면 말이오."

"무언가를 얻는다! **무얼** 얻게 되나요?"

"지금 당신은 수용소에 있는 게 아니오. 다 끝났어요. 오래전에 끝난 일이야. 주위를 둘러봐요, 인간들이 보일 테니."

"저한테 보이는 건," 로사가 말했다. "흡혈귀들이에요."

퍼스키가 머뭇거리다 물었다. "거기 있을 때 말이오, 그들이 당신 가족을 빼앗아갔소?"

로사는 열 손가락을 모두 들어 보였다. 그리고 말했다. "내가 남았어요. 스텔라가 남았어요." 그녀는 그에게 더 많은 이야기를 털어놓을 용기가 있을까 생각했다. 상자는 침대 위에 있었다. "그렇게 많은 가족 중에서 셋이 남았어요."

퍼스키가 물었다. "셋?"

"증거가 있어요." 로사가 거침없이 대답했다. "보여드리죠."

그녀는 상자를 들어 올렸다. 자신이 벼랑 끝에 선 등반가처럼 느껴졌다. "손 닦으세요."

퍼스키는 시키는 대로 했다. 그는 셔츠 앞섶에 손을 문질러 남은 좌배기 가루를 깨끗이 닦아냈다.

"풀어서 안을 보세요. 어서요, 안에 있는 걸 꺼내보세요."

그녀는 주저하지 않았다. 그녀의 손이 그렇게 간절히 원했던 것을 낯선 남자에게, 주머니가 있는 남자에게 양보하고 있었다. 그녀는 이유를 알고 있었다. 자신이 순수하다는 것을 증명하기 위해서였다. 성모마리아라는 것을. 만약 그가 사악한 노인처럼 생각하고 있다면 ― 진실의 눈으로 그녀를 보게 하라. 한 어머니를 보게 하라.

그러나 퍼스키가 말했다. "어떻게 셋이라는 건지 ―"

"직접 보세요."

그는 뚜껑을 뜯어내고 상자 안에 손을 넣어 종이 한 장을 꺼내더니 그것을 훑어보기 시작했다.

"스텔라가 보낸 편지일 거예요. 그건 버리세요, 괜찮아요. 또 야단치는 거겠죠. 내가 얼마나 별난지 ―"

"루블린, 당신은 지식인 단체의 정기 회원이군요! 이건 꽤 대단한 읽을거리예요. 폴란드어로 쓰여 있지도 않고." 그의 틀니가 춤을 추었다. "아주 슬픈 주제로군, 내 농담을 허락해주시오. 미국으로 건너온 사람이 누구인가 하면 하나, 당신의 조카 스텔라. 루블린, 로사, 이것으로 둘. 그리고 루블린의 두뇌 ― 이렇게 셋이군요!"

로사가 빤히 바라보았다. "저는 엄마예요, 퍼스키 씨. 당신 아내와 똑같아요, 다를 게 없다고요." 그녀는 타는 듯한 두 손바닥으로 그 종이를 받아 들었다. "존경심을 좀 보이세요." 어리둥절해서 반짝이는 그의 플라스틱 웃음에 그녀가 명령했다. 그리고 읽어보았다.

루블린 부인께,

실례를 무릅쓰고, 히지슨 박사(기억하실지 모르지만, 그에 관해서는 처음 보내드린 편지에서 언급한 적이 있습니다)의 이 연구서를 선의의 표시로 보내드립니다. 우리의 현재 구조에 행동학적 토대를 다소나마 마련해준 귀중한 연구입니다. 저는 우리의 대화를 준비하고 있습니다만, 부인께서 이 책을 한번 보고 싶어 할 거라고 확신합니다. 우리 작업의 상당 부분이 이런 계통발생적 통찰을 토대로 이루어졌습니다. 여기 사용된 언어 중 일부는 지나치게 전문적이라고 생각하실 수도 있겠지만, 그럼에도 부인께서 이 책을 가지고 계시는 것만으로도 우리 노력의 전문성에 대해, 그리고 그에 관한 부인의 잠재적인 기여에 대해 부인을 안심시켜드리는 역할을 하리라고 믿습니다.

아마도 특별히 관심을 가지실 만한 부분은 "방어 그룹 형성: 개코원숭이의 방식"이라는 제목의 6장일 겁니다.

미리 감사드리며,
제임스 W. 트리 박사

퍼스키가 말했다. "정말이지, 난 얼핏 보기만 해도 스텔라가 보낸 게 아니라고 짐작했는데."

그녀가 보니, 그는 상자에서 꺼낸 그것을 들고 있었다.
"이리 내요." 그녀가 명령했다.

그가 읊었다. "A.R. 히지슨 지음. 제목을 들어봐요, 근사한데요 ──『억눌린 활기: 생존의 생물학적 근거에 관한 이론』. 내가 근사하다고 했잖소! 이게 당신이 원하던 거 아니오?"

"주세요."

"원하는 게 아니라고? 스텔라가 당신이 원하지 않는 걸 보냈다는 거요?"

"스텔라가 보냈어요!" 그녀는 그에게서 책을 낚아챘다. 생각보다 무거웠지만, 그 책을 천장으로 던져버렸다. 그것은 차가 반쯤 남았던 퍼스키의 찻잔 위로 쿵 떨어졌다. 사기 조각과 물방울이 튀었다. "이렇게 내 가게를 박살 냈던 거예요. 트리도 이렇게 박살 내버릴 거예요!"

퍼스키는 바닥으로 뚝뚝 떨어지는 찻물 방울을 지켜보고 있었다.

"트리?"

"트리 박사! 흡혈귀 트리요!"

"내가 무슨 착오에 휘말린 것 같군." 퍼스키가 말했다. "그럼 이렇게 합시다. 당신이 꽈배기 도넛을 다 먹어요. 그럼 기분이 괜찮아질 거고, 이 착오가 해결되면 내일 오리다."

"난 당신의 단추가 아니에요, 퍼스키! 난 누구의 단추도 아니에요. 설사 그들이 사방에 철조망을 설치했다고 해도요!"

"단추 얘기가 나왔으니 말인데, 가서 엘리베이터 단추나 눌러야겠소. 내일 다시 오리다."

"철조망 같은 인간! 당신이 내 세탁물을 가져갔지, 내가 모를 줄 알아요? 그 더러운 주머니 안을 보라고, 이 도둑놈의 퍼스키!"

다음 날 오전, 로사는 세수를 했다. 퉁퉁 부어 잡초처럼 끔찍하고 콧방울이 창백한 얼굴을 씻던 로사는 어느 수건 안에 말려 있던, 사라진 팬티를 찾아냈다.

그녀는 아래층 데스크로 내려갔다. 그녀 방의 전화를 다시 연결하는 것에 관해 이야기를 나누었다. 당연히 그들은 요금을 더 물릴 터이고, 스텔라는 꽥꽥거릴 터였다. 그래도 그녀는 그렇게 하고 싶었다.

데스크에서 그들이 꾸러미 하나를 건넸다. 이번에 그녀는 포장지를 살펴보았다. 등기우편이었고 발신인은 스텔라였다. 다시 속을 수는 없었다. 하지만 로사는 충격받은 상태였고, 마치 어제 있었던 대형 사건의 원인이 트리가 아니라 진짜로 마그다의 숄이 든 상자였던 것처럼 진이 다 빠져 있었다.

그녀는 상자 뚜껑을 열고 그 안의 숄을 내려다보았다. 아무렇지도 않았다. 퍼스키 역시 아무렇지 않을 것이다. 색 바랜 천이 낡은 붕대처럼 놓여 있었다. 버려진 붕대처럼. 무슨 이유에선지 그것은 평소와 달리 곧바로 마그다를 데려오지 않았다. 전기 충격처럼 타닥거리는 생생한 복원의 소리. 그녀는 그 감각이 언제든 솟구쳐 오르기를 기꺼이 기다리고 있었다. 숄에서는 희미한 타액 냄새가 났지만, 실제 냄새라기보다는 거의 상상에 가까웠다.

침대 밑에서 전화기가 울렸다. 처음에는 일종의 웅웅거림, 이어서 진짜 벨 소리. 로사는 전화기를 꺼냈다.

쿠바 여자의 목소리였다. "루블린 부인, 이제 연결됐어요."

로사는 마그다가 살아나는 데 왜 그렇게 오래 걸리는지 궁금했다. 어떤 때 마그다는 눈 깜짝할 사이에 눈부시게, 너무도 빨리 찾아왔기 때문에 로사는 갈비뼈 안쪽을 구리 망치로 맞은 것처럼 가슴이 쟁강거리고 지잉 울리곤 했다.

여전히 그녀의 손에 들려 있던 그 도구가 다시 요란한 소리를 냈다. 로사는 흠칫 놀랐다. 마치 그녀가 소리 나는 고무 장난감을 손으로 꾹 누르기라도 한 것 같았다. 죽었던 것이 얼마나 빨리 살아날 수 있는지! 로사는 조심조심 머뭇거리며, 갈라지는 소리로 소곤거렸다. "여보세요?" 프라이팬을 파는 여자였다.

"안 사요." 로사는 전화를 끊었고 이번에는 스텔라의 번호를 돌렸다. 스텔라는 자다 깬 목소리였다. 목구멍에 베일을 덮은 듯 부드러운 소리였다. 로사가 말했다. "스텔라, 지금 내 방에서 전화하는 거야."

"누구세요?"

"스텔라, 나 모르겠어?"

"로사 고모! 무슨 일 있어요?"

"나 돌아갈까?"

"세상에나." 스텔라가 말했다. "그게 급한 일이에요? 그건 편지로도 의논할 수 있었잖아요."

"나더러 돌아오라고 네가 편지 썼잖아."

"난 백만장자가 아니라고요." 스텔라가 말했다. "그래서 용건이 뭐예요?"

"트리가 여기 있어."

"트리? 그게 뭔데요?"

"트리 **박사** 말이야. 네가 나한테 그 사람 편지를 보냈잖아. 그 사람이 날 쫓고 있어. 그가 묵고 있는 곳을 내가 우연히 발견했고."

"아무도 고모를 쫓지 않아요." 스텔라가 엄하게 말했다.

로사가 말했다. "돌아가서 다시 가게를 열까 봐."

"말도 안 되는 소리. 그럴 **순 없어요**. 가게는 폐업했어요. 만약 돌아온다면 고모는 완전히 새로운 자세로 와야 해요, 회복되어서. 병적인 건 없어야 해요."

"아주 근사한 호텔에 있더라." 로사가 말했다. "그들은 왕처럼 지내더라."

"그건 고모가 상관할 일이 아니에요."

"트리라는 사람이, 내가 상관할 바가 아니라고? 그 사람은 우리 피를 먹고 부자가 되는 거야! 명망을 얻고! 사람들은 그를 우러러보지! 표본을 가진 교수라면서! 그가 나를 개코원숭이라고 썼어!"

"고모는 지금 회복되고 있어야 해요." 스텔라가 말했다. 완전히 잠에서 깬 목소리였다. "산책하세요. 말썽 일으키지 말고요. 수영복도 입고. 사람들과 어울리세요. 거기 날씨는 어때요?"

"그건 네가 와서 봐." 로사가 말했다.

"기가 막혀, 그럴 돈이 없어요. 내가 무슨 백만장자인 것처럼 말씀하시네요. 내가 거기 가서 뭐 하게요?"

"혼자 있는 게 싫어. 어떤 남자가 내 속옷을 훔쳐 갔어."

"**뭘** 훔쳤다고요?" 스텔라가 빽 소리를 질렀다.

"내 팬티. 길거리에 변태들이 많아. 어제는 벌거벗고 모래 속에 누운 두 남자를 봤어."

"로사 고모." 스텔라가 말했다. "정 오고 싶으면 돌아오세요. 제가 편지에 그렇게 썼잖아요, 내 말은 그게 전부였어요. 하지만 고모는 변화를 위해 거기서 무언가에 흥미를 붙일 수도 있잖아요. 직업이 아니더라도 클럽이라든가. 비용이 너무 많이 들지만 않으면, 클럽에 다니는 것쯤은 괜찮아요. 어떤 모임에 나갈 수도 있고, 산책할 수도 있고, 수영할 수도 있고 ─"

"벌써 산책했어."

"친구들을 사귀세요." 스텔라의 목소리가 굳어졌다. "고모, 이건 **장거리** 전화예요."

　바로 그 구절, "**장거리**"에서 마그다가 벌떡 살아났다. 로사는 숄을 쥐고는 수화기 손잡이 위에 숄을 놓았다. 그러자 그것은 작은 인형의 머리처럼 보였다. 로사는 거기, 스텔라의 잔소리 바로 위에 키스했다. "잘 있어." 그녀는 스텔라에게 말했다. 전화비가 얼마나 나왔는지는 상관하지 않았다. 방 전체가 마그다로 가득했다. 마그다는 한 마리 나비 같았고, 이 구석 저 구석에 동시에 있었다. 로사는 마그다가 몇 살이 되려는지 보려고 기다렸다. 열여섯 소녀, 얼마나 좋은가. 활짝 꽃을 피운 소녀들은 블라우스와 스커트가 부풀도록 민첩하게 움직인다. 열여섯 소녀들은 언제나 나비다. 거기 마그다가 있었다, 꽃으로 만발해서. 그녀는 로사가 고등학교 때 입었던 원피스 중 하나를 입고 있었다. 로사는 기뻤다. 그건 하늘색 원피스였다. 적당히 파란색에, 불 꺼진 별의 파편처럼 둥근 석탄 조각으로 만든 듯한 까만 단추가 달려 있었다. 퍼스키는 절대 그런 단추를 알 리 없었다. 그토록 까맣고 그토록 반짝이는 단추를. 지구 또는 어느 다른 행성의 정맥에서 캐낸 진짜 석탄 조각처럼 표면이 불규칙한 진품 단추. 마그다의 머리색은 여전히 미나리아재비처럼 노랬고, 아주 매끄럽고 고와서 코넷 모양의 머리핀 두 개가 자꾸만 턱의 양쪽으로 미끄러지곤 했다 ─ 그 턱은 마그다의 얼굴에서 경이로운 부분이었다. 만약 턱의 모양이 달랐다면, 그 얼굴은 훨씬 덜 또렷해 보였을 것이다. 아래턱이 언제나처럼 살짝 길었고 깊은 타원형이어서 그 입, 특히 아랫입술은 답답해 보이지 않았으며, 오히려 널찍한 공간 가운데에 확실한 자기 자리를 표시하고 있었다. 그 결과 그 입은 궤도에 갇힌 천체만큼 중요해 보였다. 그리고 하늘을 가득 품은 마그다의 눈, 눈머리가 거의 사각형인 그 눈은 순종적인 위성 같았다. 마그다의 모습은 너무도 선명했다. 그녀는 로사의 아버지, 기다란 타원형 얼굴에 확신 가득한 입이 굳게 자리매김하고 있던 제 할아버지를 닮아가기 시작했다. 로사는 마그다의 건강한 팔뚝을 보고 황홀할 지경이었다. 마그다를 이젤 앞에 세워서 그 아이가 수채화 그리는 모습을 볼 수만 있다면, 또는 바이올린이나 체스 여왕을 잡는 모습을 볼 수만 있다면 로사는 모든 것을 내주었을 것이다. 그녀는 그 또래의 마그다는 무슨 생각을 하는지, 그 아이에게 어떤 재능이 있는지 거의 알지 못했다. 심지어 마그다의 지능이 어느 쪽으로 발달했는지조차 알지 못했다. 그런 한편으로 그녀는 마그다에 대해서 늘 약간은 의심스러운 마음도 있었다. 그것이 뭐든 간에, 그 아이에게 흐르는 다른 변종의 성질 때문이었다. 로사 자신은 진정으로 의심하지 않았지만 스텔라는 의심했고, 그것이 로사를 당혹스럽게 했다. 그 다른 변종은 유령 같았고, 위험하기까지 했다. 마치 필라멘트 같은 마그다의 머리카락, 그 가늘고 밝은 전선에서 위험이 웅웅거리는 것 같았다.

　나의 황금, 나의 부, 나의 보물, 나의 숨겨진 참깨, 나의 낙원, 나의 노란 꽃, 나의 마그다! 활짝 핀 꽃의 여왕!
　내가 "사람들을 만나기" 위해 가게를 열어 운영했을 때, 나는 모두에게 말하고 싶었어 ─ 우리의 이야기만이 아니라 다른 이야기들까지 하고 싶었지. 그런데 아무도, 아무것도 모르더구나. 그것이 놀랍기만 했어, 불과 얼마 전에 벌어졌던 일을 아무도 기억하지 못한다는 것이. 그들이 기억하지 못한 이유는 모르기 때문이었어. 그러니까 확실하고 분명한 사실들을 몰랐던 거야. 이를테면 게토의 전차 같은 것 말이야. 너도 알다시피 그들은 가장 허름한 구역, 끔찍한 슬럼가를 택했고, 그 주변으로 담장을 세웠어. 그곳은 썩어가는 낡은 공동주택이 있는, 도시에서 흔히 보는 평범한 동네였지. 그들은 50만 명이나 되는 사람들을 그곳에 밀어 넣었어, 그곳에 살던 주민들보다 무려 두 배나 많은 수의 사람들을. 아이들과 노인들까지 포함한 세 가족을 한 아파트에 욱여넣는 식이었지. 네가 **우리**와 같은 가족을 상상이나 할 수 있을지 모르겠구나. 바르샤바 은행 총재였던 내 아버지, 거의 일본인처럼 수줍음이 많았지만 세련되고 든든한 울타리 같았던 어머니, 남동생 둘, 오빠 그리고 나. 우리 가족은 4층짜리 집에 살고 있었어. 눈부시게 아름다운 다락(창밖으로 팔을 뻗으면 지붕에 손이 닿았지. 마치 여름날 초록의 띠 전체를 집 안으로 끌어당길 듯한 기분이었어)까지 있는 집이었어. 그런 **우리**를 모스코비치 가족, 라비노비치 가족, 퍼스키 가족, 핑켈스테인 가족과 함께, 이상한 냄새가 나는 할아버지들과 그 많은 허약한 아이들이 바글거리는 곳에 가두었다고 상상해보렴! 아이들은 반쯤 죽은 거나 다름없었고, 눈꺼풀에 고름이 맺힌 채 눈동자만 지나치게 빛나도록 몹시 병든 눈을 하고서 너덜너덜한 상자 위에 앉아 있었지. 이들 가족은 모두 이리저리 걸어 다니고, 절하고, 너덜너덜해진 기도서를 앞에 놓고 몸을 흔들며 떠는 데 에너지를 썼고, 상자 위에 앉은 아이들도 기도문을 외치곤 했어. 우리는 그 사람들이 역경 속에서 스스로를 관리하는 법을 모른다고 생각했고, 게다가 무척 화가 났지. 왜냐하면 똑같은 역경이 **우리**에게도 일어나고 있었기 때문이야. 내 아버지는 정말 중요한 사람이었고, 키 큰 어머니는 매우 섬세하고 기품이 있어서 만나면 저절로 머리가 숙어지는 그런 분이었지. 어머니를 모르는 사람들조차 그럴 정도였어. 그렇게 우리는 모든 면에서 화가 나 있었지만, 가장 직접적으로 화가 났던 건 우리가 그런 계급의 사람들과 같은 공간에서 살아야 했기 때문이야. 제의와 미신으로 닳고 닳은 사람들, 아침마다 작은 성구함을 유니콘 뿔처럼 이마에 붙여서 정말 바보 같아 보이는 그 늙은 유대인 농부들과 같은 집에서 살아야 했으니. 그것도 가장 역겨운 슬럼가에서, 오물과 해충에 빠져서, 최하급 범죄자에게도 어울리지 않을 화장실을 쓰면서 말이야. 물론 우리가 우리의 분노를 내보일 처지는 아니었지만, 아버지는 우리 남매들한테 어머니가 그곳에서 견뎌낼 수 없을 거라고 말씀하셨고, 그 말씀이 맞았어.

가게에 있을 때 이런 이야기를 모두에게 들려주지는 않았단다. 그 이야기를 참을성 있게 끝까지 들어줄 사람이 누가 있겠니? 그래서 나는 이 손님에게는 여기서 이 내용을 조금, 저 손님에게는 저기서 저 내용을 조금 골라서 들려주곤 했지. 만약 손님이 서두르는 것 같은 눈치가 보이면 — 사실 내가 이야기를 시작하면 대부분이 서둘렀지 — 나는 전차에 관해서만 이야기했어. 전차 이야기를 하면, 전차가 선로 위를 달린다는 걸 아무도 이해하지 못했거든! 모두가 늘 버스를 생각했지. 어쨌거나 그들은 선로를 뜯어낼 수 없었고, 머리 위의 전선을 제거할 수도 없었지, 당연하지 않겠니? 요점은, 그들이 전차 운행 경로 전체를 변경할 수가 없었다는 거야. 그래서 그들은 경로를 바꾸지 않았어. 전차는 게

토의 한가운데를 통과했지. 결국 그들이 한 일은 일종의 유대인 전용 보행자 육교를 세운 거야. 그래서 유대인들은 전차에 접근할 수 없었고, 전차에 올라타서 바르샤바의 다른 구역으로, 담장 너머로 달아날 수가 없었어.

무엇보다 놀라웠던 건 너무도 평범한 전차가 너무도 평범한 선로를 따라 덜컹거리면서, 바르샤바의 한 구역에서 다른 구역으로 가는 너무도 평범한 시민들을 태우고 우리의 비참한 곳으로 곧장 달려왔다는 거야. 날마다, 하루에도 몇 번씩, 우리를 지켜보는 그 목격자들이 있었지. 그들은 날마다 우리를 보곤 했지. 장바구니를 든 여인들, 한번은 장바구니 위로 상추의 둥근 머리가 비어져 나온 걸 나는 보았단다. 그 파릇파릇한 상추라니! 그 푸른 잎에 대한 갈망으로 나는 침샘이 쩍 갈라지는 줄 알았어. 그리고 모자 쓴 젊은 여자들도 있었지. 전차를 타는 사람들은 모두 단정하지 못한 말을 쓰는 노동계급의 평범한 사람들이었지만, 그들이 우리보다 낫다고 여겨졌어. 아무도 더는 우리를 폴란드인으로 여기지 않았거든. 그리고 우리, 내 아버지 내 어머니 — 우리 집 피아노와 반짝이는 작은 탁자들 위에는 그리스 화병을 복제한 예쁜 물항아리가 아주 많았단다. 그중 하나는 아버지가 학창 시절 방학 때 크레타로 여행 갔다가 발굴한 실제 고고학 유물이었지. 조각들을 하나하나 끼워 맞추고, 창을 든 전사 형상이 깨져 없어진 부분은 붉은 점토로 메워 넣은 거였지. 그리고 복도 양쪽의 벽과 계단 벽에는 아름다운 잉크 소묘 작품들이 걸려 있었지. 검은색이 얼마나 까맸는지, 그것이 누군가의 손에 묻어나고 또 그 손의 흔적을 보여주는 방식은 또 얼마나 기적 같았는지. 특히 우리의 폴란드어. 우리 부모님은 부드럽고 차분한 목소리로, 가장 정확한 표현의 폴란드어를 구사하셨어. 음절 하나하나가 그 목표물에 명중할 만큼 정확한 폴란드어였지. 이 모든 것에도 불구하고 전차 안의 사람들은 폴란드인으로 여겨졌고 — 그래, 그들은 사실 **폴란드인이었지**, 비록 그들이 우리에게서 그것을 빼앗았지만, 나는 그들에게서 그것을 빼앗지는 않아 — 우리는 폴란드인이 아니라고 여겨졌어! 그들은 투빔의 시 한 줄도 읊지 못하고 베르길리우스는 안중에도 없는 반면에, 내 아버지는 『아이네이스』의 전반부를 외워서 거의 다 꿰고 계셨는데 말이야. 그런데 지금 이곳의 나는 그 전차 속에서 상추를 들고 있던 여인과 비슷하구나. 나는 이 모든 이야기를 내 가게에서, 듣지 못하는 사람들에게 들려주었단다. 내가 어떻게 상추를 든 여인처럼 되었는지를.

로사는 마그다에게 더 많은 것을 설명해주고 싶었다. 물 항아리와 벽에 걸린 그림들에 관해서, 그리고 가게에 있던 낡은 물건들에 관해서, 아무도 신경 쓰지 않는 것들에 관해서. 새들이 조각된 부서진 의자, 유리구슬을 꿰어 만든 기다란 줄들, 서랍 속에 버려진 장갑과 벌레 먹은 토시에 관해서. 그러나 이번에는 너무 많이 쓴 탓에 피곤했다. 게다가 평소 쓰던 펜으로 쓴 것도 아니었다. 그녀는 이글거리며 날아오르는 기류 속에서, 그녀의 두뇌 안쪽에 일종의 설형문자를 흘리고 있는 무시무시한 빛의 부리로 글을 쓰고 있었다. 회상의 고단함이 피로를 몰고 왔고, 그녀는 멍하고 무기력한 기분이었다. 그리고 마그다! 마그다는 벌써 떠나가고 있었다. 멀리. 그 파란 원피스가 로사의 눈에는 이제 한 점으로밖에 보이지 않았다. 마그다는 편지를 가져가려고 기다리지도 않았다. 편지는 다 타지 못한 잉걸불처럼 미완성으로 파들거리고 있었다. 이게 다 침대 근처 바닥에서 울리는 전화벨 소리 때문이었다. 목소리, 소리, 울림, 소음 ― 마그다는 아주 작은 소란에도 유령처럼 두려워하며 무너졌다. 이런 순간이면 그녀는 부끄러운 듯 행동했고, 몸을 숨겨버렸다. 마그다, 사랑하는 아가, 부끄러워 마라! 나비야, 나는 네 존재가 부끄럽지 않단다. 나에게로 오렴, 다시 나에게 와주렴. 지금 더 머물 수 없다면, 그렇다면 나중에라도, 언제든지 오렴. 이런 것들이 로사의 마음속에 있는 말이었지

만, 그녀는 욕구를 억누르는 데 익숙한 사람이었다. 그녀는
그 말을 소리 내어 마그다에게 하지 않았다. 순수한 마그다,
등불처럼 밝은 머리의 마그다.

숄을 두른 전화기, 작고 음울한 침묵의 신, 오랫동안 혼수
상태에 있었던 그것이 이제 마그다처럼, 제 뜻대로 활기를
띠고 열심히 울어대고 있었다. 로사는 그 시끄러운 소리가
한두 번 더 울리게 두었고, 이윽고 쿠바 여자의 알림 소리
를 들었다. 오, "알립니다"라니! 퍼스키 씨가 왔어요. 그분
을 올려 보낼까요, 아니면 직접 내려오실래요? 진짜 호텔에
대한 패러디 아닌가! 분수와 황금 왕좌, 철조망과 불타는 트
리가 있던 그 호텔, **마리 루이즈**에 대한 패러디!

"그분은 미친 여자들한테 익숙하니 올려 보내세요." 로
사는 쿠바 여자에게 말했다. 그리고 수화기에서 숄을 벗겨
냈다.

마그다는 거기 없었다. 수줍은 마그다, 그녀는 퍼스키를
피해 달아났다. 마그나는 떠났다.

옮긴이의 말
기억과 생존

미국의 작가 데이비드 포스터 월리스David Foster Wallace는 신시아 오직을 "현존하는 미국 최고의 작가 중 한 명"으로 꼽았다. 유대계 미국인인 오직은 미국에서 유대인들의 삶의 경험, 홀로코스트와 그 여파 등을 다룬 작품과 에세이, 비평을 발표하며 주목받아왔다. "미국 문학 판테온의 아테나" "브롱크스의 에밀리 디킨슨"이라는 찬사가 따라붙는 신시아 오직의 대표작이 바로 『숄』이다.

이 책에 실린 「숄」과 「로사」는 각각 1980년과 1983년에 『뉴요커』지에 발표되었다. 2천 단어 정도의 짧은 단편인 「숄」은 우리에게 잘 알려진 프리모 레비와 노벨평화상 수상자 엘리 위젤 등의 작품과 함께 홀로코스트 문학에서 필독서로 다뤄지는 중요한 작품이다.

「숄」은 매우 짧지만 그만큼 더욱 강렬하게 다가온다. 특이하게도 홀로코스트를 다룬 작품이지만 '나치'나 '수용소' 같은 단어는 전혀 등장하지 않는다. (주의 깊은 독자라면 이 책의 제사題詞에 쓰인 파울 첼란의 시구를 통해 ─ 아리아인을 뜻하는 '금빛 머리카락'과 유대인을 뜻하는 '잿빛 머리카락' ─ 홀로코스트 문학임을 짐작할 것이다.) 그 대신 '코트에 꿰매어 단 별'이나 '아리아인' 같은 단어에서 이 작품이 강제수용소를 향하는 행렬과 수용소에서의 참혹한 삶과 죽음을 다루고 있다는 걸 어렵지 않게 알아차릴 수 있다. 젊은 엄마 로사는 수용소에서 어린 딸 마그다를 숄에 감싸 숨기고 근근이 목숨을 이어가지만, 조카 스텔라가 추위를 이기지 못해 숄을 가져가는 바람에 딸을 잃는다. 단순한 플롯을 사용해 상징 몇 개로 수용소의 비인간적인 상황과 비극을 불러내면서, 역사 속 중대한 사건을 마치 한 편의 잔혹 동화 같은 단편으로 응축해내는 신시아 오직의 능력은 매우 놀랍다. 어린아이를 재우고, 배고픔을 달래주고, 추위를 누그러뜨려주는 숄, 모성과 생존을 상징하는 신비로운 숄을 매개로 쓴 이 단편을 읽다 보면, 어느새 끔찍한 수용소의 공기가 느껴지고 읽는 내내 시체 태우는 냄새와 연기가 배어나는 듯하다.

신시아 오직은 역사 속 참혹한 사건을 단 몇 페이지에 걸쳐 강렬하게 그려냈지만, 이 작품을 자신이 지어냈다기보다 어떤 강렬한 힘이 구술하는 것을 "받아쓰기"하듯 썼다고 한다. 그는 홀로코스트 이야기를 꾸며내거나 상상하고 싶지 않았으나 그것을 해냈고 그렇게 할 수밖에 없었다. 사실 그는 「숄」을 완성하고도 7년 동안이나 서랍에 보관했다고 하는데, 그 작품이 변칙적이고 정당하지 않다고 여겨져서였다. 변칙적이라고 함은, 그 자신이 의문을 제기해온 신비한 개념인 "구술" 집필처럼 작품이 자신의 의도와는 상관없이 급작스레 찾아오듯 쓰였기 때문이다. 그리고 정당하지 않다고 함은, 이 작품이 경험을 바탕으로 쓴 기록이 아니기 때문이다.

미국에서 태어난 오직은 당시 유럽 대륙을 휩쓸었던 전쟁의 역사를 직접 겪지는 않았다. 안네 프랑크와 비슷한 또래(오직이 1년 일찍 태어났다)였던 오직은 유대인 말살의 광기가 유럽을 휩몰아치던 시기에, 아메리카 대륙에서 태어났다는 이유만으로 유럽의 그 소녀와 달리 홀로코스트를 피하게되었다는 데 대해 스스로가 부채 의식을 가지고 있었다. 아울러 자신은 그 사건을 직접 겪지 않았으므로 "홀로코스트작가"로 불리는 걸 부담스러워했다. 그러나 「숄」을 읽은 어느 정신과 의사가 이 작품을 작가의 자전적 이야기라고 믿고 도움을 주고 싶어 했다는 이야기는, 오직의 이 작품이 얼마나 강렬하고 생생한지를 말해준다. 창작이 기록 못지않은 진실성과 힘을 가지고 있음을 보여주는 증거일 것이다. 실제로 오직의 부담감에도 불구하고 「숄」은 큰 반향을 일으켰고, 이 작품으로 최고의 단편소설에 주어지는 오헨리 상을 받았다.

「로사」는 「숄」의 속편으로 발표되었다. 「숄」의 배경이 되었던 시대로부터 30여 년이 지난 후 로사와 스텔라의 이 야기를 전하는 일종의 후일담인데, 이 작품 역시 오헨리 상을 수상했다. 이 두 작품은 나중에 한 권으로 묶여 소설집 『숄』로 나오면서 각각의 울림과 무게를 더욱 증폭시키게 되었다.

「숄」이 뼛속까지 추운 지옥에서의 이야기를 그려냈다면, 「로사」는 온몸이 튀겨질 정도의 뜨거운 지옥을 배경으로 한다. 강제수용소에서 살아남은 로사와 스텔라는 미국으로 이주하지만, 미국 생활에 적응하고 새 삶을 살기 위해 애쓰는 스텔라와는 달리 로사는 도무지 적응하지 못한다. 로사는 자신을 홀로코스트 '생존자'로 분류하고 학술적 관찰 대상으로 여기며 비인간화하는 학계에 분노하는 한편, 그녀에게 딸 마그다는 죽었다고, 이제 그녀 자신의 삶을 살라고 다그치는 조카 스텔라를 떠올리면서 과거를 기억하려 하지 않는 스텔라가 '치매'에 걸렸다고 생각하기도 한다.

로사의 시간은 여전히 「숄」의 시간대에 멈추어 있다. 그녀의 시간은 과거, 현재, 미래로 구분되지 않는다. 그녀에게 시간은 지금도 진행 중인 홀로코스트의 시간뿐이다. 그 이전의 삶은 꿈이며 그녀는 삶을 도둑맞았다. 그녀의 딸 마그다는 수용소에서 죽었지만 사람들에게 기억되지 못하고, 로사는 그 죽음을 충분히 애도하지 못했다. 결국 딸의 죽음을 인정하지 못하는 로사의 삶은 여전히 그 시간대에 멈춰 서 있는 것이다. 그녀는 세상과 담을 쌓은 채 살면서, 마그다의 기억을 소환하는 숄을 애지중지하며 거의 숭배하다시피 한다. 과거에 추위와 허기를 달래주는 집이자 젖으로서 마그다의 목숨을 지탱해주었던 숄은, 지금 로사에게는 딸의 기억을 간직한 유일한 유물이자 딸을 되살려내는 마법의 부적이다. 아울러 이 숄은 마그다가 죽는 순간 로사의 울부짖음을 막아줌으로써 그녀를 살려주었는데, 지금도 여전히 무의미한 삶을 지탱하게 해주는 생존 도구로서의 역할을 한다.

오직은 홀로코스트를 부정하는 이들에 대해 크게 분노하고, 홀로코스트를 상품화하거나 신격화하는 움직임에 대해서도 반발한다. 어쩌면 「로사」는 「숄」의 속편을 넘어, 역사적 진실을 부정하려는 세력에 대한 항변으로도 볼 수 있을 것이다. 비극적이고 부끄러운 역사적 사건에 대해 그 진실을 제대로 인정하거나 공유하지 못한다면, 비슷한 사건은 얼마든지 다시 일어날 수 있으며 실제로 다른 형태로 계속 반복된다. 아울러 피해자에게 그 과거는 마무리되지 않은 채 여전히 진행형으로 남아 있을 것이다.

로사가 느끼는 좌절감은 때로 지켜보기 불편한 방식으로 표출되지만, 뜨거운 플로리다에서 열병과도 같은 하루를 보낸 후 로사가 딸에게 긴 편지를 쓰고 스스로 "미친 여자"임

을 선언할 때는 이제 세상과 당당히 맞서보겠다는 결연함과
함께 희미한 희망이 엿보인다.

작가 연보

1928   4월 17일 미국 뉴욕에서 실리아와 윌리엄 오직의 두
        자녀 중 둘째로 태어남. 부모는 러시아 출신 유대인
        이민자로 뉴욕에서 약국을 운영함.

1949   뉴욕대학교에서 영문학 학위 취득.

1950   오하이오 주립대학교에서 영문학 석사 학위 취득.

1952   변호사인 버나드 핼롯과 결혼.

1965   딸 레이첼 핼롯 태어남.

1966   부유한 미국 유대인 가족을 거부한 여성이 유럽에서
        배교자가 된 아버지를 찾는 내용의 첫 소설
        『신뢰 *Trust*』 출간.

1969   소설집 『부러움 ― 미국의 이디시어 *Envy; or, Yiddish in
        America*』 출간.

1971   소설집 『이교도 랍비와 단편들 *The Pagan Rabbi and Other
        Stories*』 출간. 이 책으로 에드워드 루이스 월런트 상과
        전미 유대 도서상 수상(1972).

1975   「강탈 Usurpation」로 오헨리 상 수상.

1976 소설집『학살과 세 편의 중편소설 *Bloodshed and Three Novellas*』출간.

1977 『학살과 세 편의 중편소설』로 전미 유대 도서상 수상.

1980 『뉴요커』지에 단편「숄」발표.

1981 「숄」로 오헨리 상 수상.

1982 소설집『부상浮上―다섯 편의 픽션 *Levitation: Five Fictions*』출간. 구겐하임 펠로십 수상.

1983 『뉴요커』지에 단편「로사」발표. 장편『식인 은하 *The Cannibal Galaxy*』와 에세이『예술과 열정 *Art and Ardor*』 출간.

1984 「로사」로 오헨리 상 수상.『식인 은하』로 PEN/포크너 상 후보에 오름.

1987 글쓰기의 본질에 대한 명상인 장편『스톡홀름의 메시아 *The Messiah of Stockholm*』출간.

1988 『스톡홀름의 메시아』로 PEN/포크너 상 후보에 오름.

1989 소설집『숄』, 에세이『은유과 기억 *Metpho and Memory*』 출간.

1992 오헨리 상 수상(1990년『뉴요커』지에 발표한「짝을 이룬 퍼터메서」).

1994 『숄』을 바탕으로 로사와 스텔라에 초점을 맞춘 희곡 「블루 라이트 Blue Light」발표.

1996 에세이『명성과 어리석음 *Fame & Folly*』출간. 이 책으로

전미 도서 비평가협회 상 후보에 오름. 이듬해에는
풀리처 상 일반 논픽션 부문 최종 후보에 오름.

1997 장편 『퍼터메서 기록 *The Puttermesser Papers*』 출간.
이 책으로 전미 도서상 소설 부문 후보에 올랐고
『뉴욕 타임스』 올해의 책 10선에 선정됨.『명성과
어리석음』으로 PEN 문학상 에세이 부문인
다이아몬스타인–스필보겔 상 수상.

1999 『퍼터메서 기록』으로 국제 IMPAC 더블린 문학상
소설 부문 후보에 오름.

2000 에세이 『언쟁과 곤경 *Quarrel & Quandary*』 출간. 이
책으로 전미 도서 비평가협회 상과 래넌 문학상 수상.

2004 장편 『명멸하는 세계의 상속자 *Heir to the Glimmering
World*』(영국에서는 『베어 보이 *The Bear Boy*』) 출간.

2007 『단편집 *Collected Stories*』 출간.

2008 네 개의 단편을 모은 소설집 『받아쓰기 — 사중주
Diction: A Quartet』 출간. PEN/나보코프 상과 PEN/
맬러머드 상 수상.

2010 헨리 제임스의 장편 『특사들』에서 영감을 받은
『이물 *Foreign Bodies*』 출간.

2012 『이물』로 베일리스 여성 문학상 소설 부문과 영국의
여성 문학상 장편 부문 후보에 오름.

2016 에세이 『비평가, 괴물, 광신도 그리고 문학

에세이들*Critics, Monsters, Fanatics, and Other Literary Essays*』
출간.

2017   남편 버나드 헬롯 사망.

2021   중편『유물들*Antiquities*』출간.